COLLECTION SÉRIE NOIRE
créée par Marcel Duhamel

Nouveautés du mois

1938 — FOLIES D'INFÂMES
(PIERRE SINIAC)
Si jamais vous rencontrez les personnages de ce bouquin, un conseil : changez de trottoir.

1939 — MOI, J'AIME LE CINÉMA
(STUART KAMINSKY)
Comme le disait Mae West, y a les méchants et les braves types, et ceux-là, fuyez-les comme la peste !

1940 — CANINE ET GUNN
(OPPEL & DORISON)
Enfin toute la vérité sur la Belle (vraiment très jolie) et la Bête (pas idiote du tout).

1941 — NID DE POULETS
(ED MCBAIN)
Le Commissariat 87, c'est une vraie pouponnière où cadavres et malfrats sont plus ou moins bien élevés.

ROBERT BLOCH

Monde des ténèbres

TRADUIT DE L'AMÉRICAIN
PAR J.-P. MANCHETTE

nrf

GALLIMARD

Titre original :

NIGHT-WORLD

1

Le soleil mourait à l'ouest et son sang tachait le ciel.

J'aurais pu être poète, pensa-t-il. *Ecrivain.* Mais c'eût été gâcher, grandement gâcher son talent. La vie d'un écrivain est courte, limitée à celle du papier sur lequel ses paroles sont inscrites, et à la capacité de mémoire de ses lecteurs. Le papier est friable et tombe bientôt en poussière, et les vers mangent la mémoire des hommes.

Et qui mange les vers?

Le temps. C'est le temps, l'ennemi. Le temps mange les vers, le temps mange le papier, le temps mange le soleil. Le temps le mangeait, lui, fragment par fragment, morceau par morceau, jour après jour.

Le temps le rongeait la nuit, ici, dans cette misérable petite pièce. On appelait ça une chambre, mais bien entendu, c'était en fait une cellule. Une cellule avec des fenêtres grillagées par lesquelles, en mourant, on pouvait regarder le soleil mourir.

On lui disait qu'il était ici pour son propre bien, et que la porte verrouillée le protégeait des autres malades. Mais elle ne pouvait le protéger du temps. Qui le rongeait, nuit après nuit, qui l'empêchait de dormir. Et elle ne pouvait le protéger de ses protecteurs. Ils avaient une clé.

A n'importe quelle heure de la journée ou de la nuit, on pouvait venir le chercher, prendre ce qui restait de lui après que le temps eût fini son festin. Lui tirer du sang. Pour des analyses, disait-on. Espérait-on vraiment lui faire croire cela ? Il les reconnaissait pour ce qu'elles étaient, ces créatures en quête de son sang vital pour leur subsistance. Elles avaient abandonné leurs capes pour des blouses blanches, et elles soutiraient leur nourriture avec des aiguilles au lieu de dents pointues, mais c'étaient des vampires.

Pire que des vampires. Car ils se nourrissaient aussi de son cerveau. *E. T.* Electrothérapie. Le terme scientifique pour électrochoc, un euphémisme poli pour dire qu'on vous attache avec des lanières et qu'on vous projette de l'électricité dans le cerveau, pour vous dévorer l'esprit. Ils prenaient son corps et le mettaient dans une cellule, ils prenaient son sang et le mettaient dans un tube à essai ; à présent, ils voulaient lui prendre son cerveau et le mettre dans une machine.

Mais ils n'y arrivaient pas. Il parvenait encore à se rappeler le passé. Et à former des projets pour l'avenir. Nuit après nuit sans sommeil, ici, dans sa chambre, il forgeait son plan.

C'était une perfection, son plan, c'était de la poésie pure ; pourtant, il ne l'écrirait pas. *Mode d'Emploi pour Aveugles — Prière de Lire Attentivement.* Il ne fallait pas qu'on voie son plan, qu'on soupçonne. Il avait tout dissimulé dans un endroit secret. Le lieu le plus sombre du monde est l'intérieur d'un crâne humain.

Tout est en sécurité à l'intérieur de votre crâne. Car celui-ci est protégé par un masque appelé visage, et le visage réagit comme on désire qu'il réagisse. Il sourit aux plaisanteries, redevient sérieux devant un spectacle désagréable, adopte un aspect convenablement respectueux en présence de l'autorité. Et le visage possède une bouche, et la bouche dit ce que le docteur désire qu'elle dise. Le plan, elle ne le mentionne même pas à voix basse. *Oui, Docteur, je crois que je vais bien mieux. Je commence à sentir que je redeviens moi-même.*

Personne ne veut que vous disiez comment c'est réellement. On veut que vous disiez comme on pense que ce *doit* être. Un malade modèle : calme, coopératif, et qui manifeste nettement que son état s'améliore. La bouche sait s'y prendre pour donner cette impression.

Et ce faisant, elle aide à la réalisation du plan. Le docteur ne sait pas. L'infirmière n'a pas de soupçons. L'infirmier ne se doute nullement. Tant que le visage est paisible et que la bouche dit les mots qu'il faut, personne n'a conscience de la vérité. Que la bouche n'est qu'un morceau d'un masque, et que derrière le masque il y a un crâne, et à l'intérieur du crâne il y a...

A l'intérieur du crâne, il y a tout. Renversez-le, sortez-en le contenu comme vous videriez un paquetage, un sac de femme. Qu'est-ce que vous trouvez ? Quelque chose pour chacun.

Mysticisme. *Mon horoscope me dit de ne pas croire à l'astrologie.*

Science. *Les protéines ne sont pas pour les chiens.*

Littérature. *Ah qu'en termes graveleux ces choses-là sont dites !*

Philosophie. *Les actes valent mieux que les gros mots.*

Il savait ce que le docteur dirait. Il l'avait si souvent dit durant les séances.

— Vous utilisez les mots comme un bouclier. L'obscurité du discours est un mécanisme de défense. Vous parlez pour éviter de dire les choses.

Qu'est-ce qu'il espérait donc ?

Imaginez qu'il dise au docteur qu'il avait pensé à Jimmy Savo. Le docteur ne se rappellerait sans doute même pas le nom.

Jimmy Savo. Un fantaisiste du passé. Un petit homme : il faisait des pantomimes qui évoquaient Chaplin pour les critiques. Comme celle d'un film qui était passé en fin de soirée à la télé. Jimmy Savo, dans son fameux numéro sur la vieille chanson, *Fleuve, Passe Au Large De Ma Hutte.*

Il aurait fallu le lui expliquer, au docteur. Et ensuite, il aurait fallu expliquer pourquoi Jimmy Savo vous rappelait les célèbres assassins en série de l'Histoire.

Ils *sont* célèbres, bien sûr. Des gens qui seraient incapables de vous dire qui était président de la république française il y a cinquante ans se rappellent encore le nom de Landru. Qui se souvient que Gilles de Rais a chevauché aux côtés de Jeanne d'Arc ? Mais qui a oublié qu'il fut Barbe-Bleue ? Les gens cherchent encore à deviner l'identité du Boucher de Cleveland. Et il n'y a pas si longtemps, les journaux ont traité en long et en large de la théorie selon laquelle Jack l'Eventreur aurait été en fait un membre de la noblesse britannique.

Il l'était, bien sûr. Dans un monde de victimes, les tueurs sont la véritable aristocratie. C'est la leçon essentielle de l'Histoire : le vrai héros est celui qui tue. Le lion est le roi des animaux, non l'agneau. Et pour toi, Jimmy Savo chantait une autre chanson. *Eventreur, Passe Au Large De Ma Pute.*

Tu ne peux pas dire ça au docteur. Pas à lui, pas à cet amoureux proclamé de l'humanité, avide de guérir les plaies ! Bien sûr, nous sommes tous amoureux de l'humanité, tous jusqu'au dernier. Mais ce qu'oublient la plupart d'entre nous, c'est que chaque homme tue la chose qu'il aime. Le poltron fait cela en lâchant une bombe d'un avion, à huit kilomètres dans les airs ; l'homme brave utilise un couteau, et il se tient à dix centimètres de sa proie.

A présent, écoutez ça, Docteur. Ecoutez, vous tous, rois, empereurs, présidents, amiraux, généraux, commandants en chef. Ecoutez mes paroles muettes :

Je ne tuerai point parce que vous me donnez l'ordre de tuer ; parce que vous me fournissez un uniforme, une arme et un ordre. Cela, c'est truquer.

Je ne tuerai pas parce qu'il s'est passé quelque chose entre moi et ma mère, mon père, ma sœur, mon frère, ma femme. Cela, c'est du Freud et Freud aussi fraude.

Je tuerai parce que je suis un homme brave. Et un homme brave est loyal envers sa nature.

C'est la nature de l'homme d'être libre et il s'irrite d'être reclus. C'est la nature de l'homme de s'opposer à l'hypocrisie et à l'injustice. Je tuerai au nom de toute l'humanité, toute l'humanité hypocritement et injustement recluse dans les asiles, les prisons, les hôpitaux, les maisons de repos. Je tuerai au nom de ceux que l'on a punis pour avoir eu le courage de défier ouvertement la société. Au nom de ceux que l'on traite d'inadaptés ou d'anormaux. Au nom du bâtard enfoui dans un orphelinat et des millions de personnes négligées et oubliées qui se meurent et que l'on a placées dans des institutions simplement parce qu'elles avaient commis le crime de vieillir.

Je crois aux principes de la démocratie. A chaque homme son vote. Et le mien est un vote de protestation ; un vote qui marquera et dont on se souviendra. Les assassins en série sont célèbres.

Du vent, mes paroles ? Mais je n'ai pas dit un mot, pas un mot à quiconque. Ceux-là même qui vont m'aider à réaliser mon plan ignorent tout de mon but et de la signification profonde du rôle qu'ils vont jouer en l'exécutant.

Exécuter. C'est le mot...

C'était le mot.

Et maintenant, puisque la nuit tombait, le mot allait devenir un acte.

Il contempla le soleil mourant et songea à ce qui allait aussi mourir, bientôt.

Très bientôt.

2

Après déjeuner, Karen retourna au bureau.

Tout en clignant des yeux sans que son esprit proteste consciemment, elle longea les rues ensevelies sous le smog ; il y avait toujours du smog dans le centre de Los Angeles, ou presque toujours. Par temps clair, vous pouvez distinguer votre ophtalmo.

Le bureau de Karen se trouvait dans une tour, propriété d'une société d'investissements et de crédit. Apparemment, des milliers de nouveaux immeubles de ce genre avaient surgi partout au-dessus de la ville, ces dernières années, et si on les alignait bout à bout, ce ne serait que la conséquence prévue d'un autre tremblement de terre.

Karen acceptait cette éventualité comme elle acceptait le smog ; ce n'était vraiment pas son problème. Et ce n'était pas vraiment à son bureau qu'elle se rendait. Le nom sur la porte du complexe, au dixième étage : Agence de Publicité Sutherland.

Elle ouvrit la porte et traversa la réception, en

adressant un signe de tête à Peggy derrière la cloison de verre. Comme toutes les réceptionnistes de ce genre, elle avait été choisie pour sa valeur décorative de ravissante cervelle d'oiseau. Une linotte sous verre.

Peggy offrit à Karen un sourire officiel de bienvenue, seconde classe, et appuya sur la touche qui débloquait en bourdonnant la porte dépourvue d'indications, au fond de la pièce à droite. Karen tourna la poignée et pénétra dans le couloir sur lequel elle ouvrait.

A présent, elle se trouvait dans un autre monde. Suther Land, l'appelait-elle dans la géographie intime de son esprit. Le long couloir qu'elle enfilait était comme une grand-route, dans un royaume étrange et secret.

Derrière la grosse double porte lambrissée de chêne se trouvait la salle du trône du souverain, Carter Sutherland III. Une de ses bizarreries, c'était que la pièce ne comportait pas de table de travail : au royaume des affaires, le signe de la souveraineté est un bureau dépourvu de cet avilissant instrument de labeur. Tout ce dont a besoin un dirigeant moderne, c'est d'un décor élégant et ostentatoire qui abrite son bar, son interphone et sa machine à dicter. Dictateur, telle était la véritable fonction de Sutherland. Bien sûr, les souverains ne passent guère de temps dans la salle du trône, et l'un des secrets du royaume était que le plus vaste bureau de l'Agence de Publicité Sutherland se trouvait généralement inoccupé. Karen n'avait vu le gars que deux fois depuis quatre ans qu'elle travaillait ici, et pas une fois depuis qu'il avait eu une attaque sur son yacht, six mois auparavant. Depuis lors, l'activité de l'agence s'était accrue de près de vingt pour cent, mais ce n'était peut-être qu'une coïncidence.

Karen poursuivit son chemin, laissa derrière elle les portes simples, lambrissées de chêne, des bureaux les plus vastes après celui de Sutherland. Il y en avait cinq, destinés aux directeurs. Les directeurs avaient des tables de travail, mais par respect pour leur rang, il n'y avait rien sur ces tables, à l'exception d'un téléphone. La paperasserie s'accumulait sur les tables plus petites de leurs secrétaires personnelles. Et de même que leur supérieur, les directeurs se trouvaient rarement au bureau, bien que leurs secrétaires puissent toujours les joindre et intercepter les coups de fil de leurs épouses.

Plus avant dans le couloir se trouvaient les domaines du Responsable Artistique, du Responsable des Moyens d'Expression, du Rédacteur en Chef. Reliés par une salle de conférence commune, leurs quartiers étaient plus petits, mais très manifestement occupés. Les portes individuelles s'ouvraient et se fermaient sans cesse au rythme des allées et venues des imprimeurs, des graveurs, des représentants, des commissionnaires et autres employés subalternes qui apportaient et emportaient dossiers et notes de service. Parfois, les conférences de travail (et les grossièretés) débordaient dans le couloir, mais Karen avait l'habitude et faisait un crochet pour éviter les attroupements qui menaçaient de stopper sa progression.

Elle franchit l'angle du couloir et longea une rangée de cabines dépourvues de portes, alignées des deux côtés — une série de cellules dotées d'une fenêtre unique et tout juste assez grandes pour contenir une armoire de rangement, deux sièges et un petit bureau ou une planche à dessin pour chaque occupant. Ce n'était guère impressionnant, mais les dessinateurs et les rédacteurs n'étaient pas censés impressionner le monde ; ils se contentaient de faire le travail créateur qui permettait à l'agence de fonctionner.

Tout au bout du second tronçon, Karen pénétra dans sa propre niche, mit son sac dans le tiroir du bureau, poussa le téléphone de côté et s'assit pour examiner un brouillon de maquette, approuvé et paraphé, qui devait aboutir à une publicité pleine page, noir et blanc, dans les magazines de mode que la note jointe énumérait, le tout flanqué d'un plan de travail. Elle jeta un coup d'œil aux notes et aux suggestions, puis étudia le croquis, en tâchant de se représenter le travail terminé.

Au premier plan, les bras croisés d'un air de défi sur son torse nu, un jeune homme renfrogné, dont les cheveux en bataille dégringolaient sur le front ; dans la fente de ses paupières lourdes, un regard évoçateur de défonce. Un pantalon rayé, très serré à l'entrecuisse, tout juste suggestif.

Derrière lui, la fille, tout en angles et en coudes, les mains sur les hanches et les jambes écartées. Une longue chevelure raide tressée, de part et d'autre de pommettes exagérément hautes et d'une bouche comme une blessure maussade. La jeune sorcière, souffrant de malnutrition ou d'avoir été vedette d'un film d'Andy Warhol.

A mi-chemin entre eux deux, une bécane ou « chopper ». Pas une motocyclette. Ce sont les cochons de flics qui ont des motos ; *nous*, on a des bourrins.

Karen prit mentalement note de la différence : les cochons, c'est mal, les bourrins, c'est bien. Si elle faisait référence à la machine dans le pavé de texte, il faudrait se rappeler cela. D'un autre côté, la pub était destinée aux pantalons rayés, elle ferait donc mieux de se concentrer sur le produit. Elle commença à débiter mentalement des formules, en les rejetant au fur et à mesure. Le pied, monstrueux, déménager : c'était le vocabulaire de l'an dernier, et à présent c'était une langue morte. Et les gens « in » étaient maintenant dénommés « les tout beaux ». Leurs vêtements devaient être sauvages, ou sur pied d'acier. Sapés. Karen saisit un bloc et un crayon et jeta sur le papier un slogan possible : *Sapé pour l'Action Sauvage.*

Inutile de se fatiguer à décrire effectivement le pantalon ; personne n'achète de pantalons rayés, les gens achètent une *image*. Et l'image était... quoi ? *Bandante. La trique totale. Défonçante*. Le manuel contemporain des formules à la mode ressemblait à la description des activités d'un bordel.

D'un autre côté, de quel droit pouvait-elle porter un jugement ? Cet endroit *était bel et bien un bordel*, songea Karen, un bordel avide de flatter les appétits de la jeunesse. Et ce qu'elle faisait, c'était de la putasserie. L'an prochain, les formules changeraient, mais Karen serait toujours une pute. A moins de s'en aller et de prendre un métier honnête, la prostitution, par exemple. En attendant, elle avait besoin de cet argent, Bruce avait besoin de cet argent, et elle ferait mieux de rédiger le texte.

Le téléphone sonna. Karen décrocha.

— Mon chou ?

Elle reconnut la voix, et les façons, du Rédacteur en Chef.

— Oui, monsieur Haskane.

— Girnbach vient d'appeler. Ils veulent voir le texte cet après-midi, quand ils regarderont la maquette.

— Je suis en train de travailler dessus. Donnez-moi vingt minutes.

— Génial ! Chez moi ou chez vous ?

— Je vous l'apporte dès que j'ai fini.

— Entrez sans frapper. On vous attend avec du champagne bien frais et un matelas bien chaud.

Karen laissa le Rédacteur en Chef raccrocher sans

lui donner de réponse. Pauvre Haskane ; elle ne comprenait que trop bien son problème. Pauvre petit homme rondelet, au crâne dégarni, pris entre deux feux dans le conflit des générations. Un pot à tabac, et qui ne tenait pas le hasch.

Et ce devait être doublement dur pour Haskane de travailler sur des trucs qui lui rappelaient constamment ce qu'il ratait, environné de pubs pour des grimpants sexy, sans jamais mettre l'œil ni la main sur la réalité. Il jalousait les directeurs de l'agence, leurs voyages à la recherche de décors pour les photos pleine-page, leurs notes de frais pour une semaine à Cannes, passée à photographier un modèle nu tenant une ampoule électrique, laquelle, comme la fille, était bitension. Haskane fournissait le mot, ils jouissaient de l'acte. Pas étonnant qu'il soit agressif au téléphone.

Karen se demanda ce qui se passerait si jamais elle le prenait au mot au cours d'un de ces flirts verbaux. Le pauvre enflé tomberait probablement raide sur le chemin d'un motel. D'un autre côté, il était peut-être capable de l'étonner.

Le pire, c'est qu'elle était peut-être capable de s'étonner elle-même. Après tout, ça faisait un bail qu'elle n'avait pas emprunté l'itinéraire du champagne bien frais et du matelas bien chaud, et comment pouvait-elle être sûre de sa propre réaction ? N'était-elle pas soumise aux mêmes tensions que cet homme qu'elle prétendait plaindre ? Vendre du sexe sans jamais acheter ; toujours des fiançailles, jamais de nuit de noces. Elle avait eu naguère une nuit de noces, Mme Karen Raymond. A présent, elle était une femme mariée. Nominalement seulement, est-ce ainsi qu'on exprimait la chose ?

Qu'ils aillent se faire fiche. Et qu'il aille se faire fiche, Ed Haskane, avec sa partie de jambes en l'air. Elle était cave autant que lui, sans doute ; pas vieille, pas moche, mais tout aussi coincée par les usages démodés de son propre milieu.

Karen secoua la tête et oublia le problème. Se tournant vers le bureau, elle introduisit du papier et du carbone dans la machine. Durant les vingt minutes qui suivirent, elle se concentra sur l'image du jeune homme hargneux et demi-nu et de sa compagne mal lavée, évitant consciencieusement d'intituler la pub, *Moi Tarzan, Toi Singe.*

La portative électrique fredonna, et Karen murmura, et la page enfin se trouva couverte d'une prose essoufflée vantant les mérites ineffables d'une paire de pantalons rayés, y compris les formules-choc dans le bas-ventre, tout ça dans un style crispé.

Karen arracha le texte de la machine, rangea une copie-carbone dans le tiroir de son bureau, puis agrafa l'autre copie et l'original en haut de la maquette. Elle se leva et se dirigea vers la porte, et ce fut alors que le téléphone sonna encore.

Elle revint vers son bureau, décrocha le combiné, écouta.

— Madame Karen Raymond ?

— Madame Raymond à l'appareil, dit-elle.

— Un instant, je vous prie.

Et puis l'autre voix fut en ligne, et elle continua d'écouter et dit oui, et encore oui, et merci beaucoup. Sa voix ne chevrota pas.

Mais quand elle reposa l'appareil, elle faillit rater la fourche ; sa main tremblait à ce point.

Marcher dans le couloir vers le bureau de Haskane, ce fut comme de marcher sous l'eau, et quand elle se pencha pour tourner la poignée de la porte, sa main tremblait toujours.

Mais elle parvint à ouvrir, à entrer dans le bureau de Haskane, à échanger divers murmures dépourvus de sens à propos de la pub.

La voix de Haskane lui parvenait faiblement et ses traits lunaires étaient brouillés et distordus, comme ceux d'un poisson à la face bouffie qui nage derrière le verre d'un aquarium. Karen comprit vaguement que le texte lui plaisait et qu'il le ferait retaper pour le présenter au client en fin d'après-midi. Et est-ce qu'elle voulait rester dans le secteur et participer à l'entrevue, au cas où l'on suggérerait tel ou tel changement ?

Karen se noyait, elle coulait au fond pour la troisième fois, mais elle remonta au dernier instant, en cherchant convulsivement l'air.

Haskane fronça les sourcils.

— Qu'est-ce qui se passe ?

— Si ça ne vous fait rien, j'aimerais mieux laisser tomber l'entrevue. Je veux partir tôt, aujourd'hui.

— La migraine ?

— Oui. (Karen aspira une gorgée d'air.)

— D'acc. Je ne pense pas qu'il y ait de problèmes. Vous pouvez filer.

— Merci.

Karen lui adressa un bref regard de reconnaissance, puis se détourna et sortit.

Dommage qu'elle ne puisse pas dire la vérité.

C'était seulement qu'elle ne voulait pas voir l'expression de son visage si elle lui disait : « Désolée, mais il faut que je fonce à Topanga Canyon. Je viens d'apprendre qu'on va peut-être autoriser mon mari à sortir de l'asile. »

3

Selon le défunt Edgar Cayce, le territoire connu sous le nom de Californie du Sud pourrait bientôt sombrer au fond de la mer.

En temps ordinaire, Karen chassait cette prophétie de ses pensées, de même qu'elle en chassait les dangers du smog et de séisme catastrophique, mais maintenant elle avait des doutes. Tandis qu'elle filait sur l'autoroute de Hollywood, elle se demandait si la prophétie ne s'était pas par hasard déjà réalisée, car elle se déplaçait de nouveau au fond de l'eau. Sur sa droite, les hautes collines vacillaient ; sur sa gauche, la tour du Capitole chatoyait ; et la route devant elle était un barbouillage confus et noir.

Seule la vitesse de la voiture aidait à la convaincre que l'élément qui l'entourait était encore de l'air, et sa respiration s'accéléra comme elle essayait de s'éclaircir l'esprit. Le bon sens lui disait de stopper sur le bas-côté de l'autoroute, ou tout au moins d'emprunter la bretelle de sortie la plus proche, mais elle n'avait pas le temps. Pas le temps, si on envisageait de relâcher Bruce.

Si on envisageait de relâcher Bruce...

Karen devina qu'elle approchait de l'embranchement et passa sur la voie de droite ; elle rejoignit l'autoroute de Ventura. La circulation du milieu de l'après-midi commençait tout juste à s'accumuler, et la jeune femme s'efforça de concentrer son attention sur la route. Sa vision s'améliora, mais l'œil intérieur restait brouillé, et elle se perdait toujours dans des gouffres intimes. Elle avait l'impression de passer sa vie en revue.

Une vie ? Qu'y avait-il à se rappeler, comme vie ? Il y avait eu autrefois une petite fille, qui allait à Disneyland avec Papa et Maman. Mais Papa et Maman étaient dans leur tombe, et la petite fille fut soudain une grande blonde aux longues jambes sur le campus de l'Université de Los Angeles, et qui passait ses examens de journalisme. Karen essaya de se représenter le campus, et les vagues grossirent vivement, l'ôtant à sa vision intérieure.

Puis Bruce apparut, qui se dirigeait lentement vers elle, et ils marchèrent main dans la main, en se déplaçant lentement ensemble sous la poussée torrentielle des eaux ; et de petites bulles de rire montaient de leurs lèvres ; jusqu'au moment où ces lèvres se rejoignirent brièvement, oh, si brièvement... Puis elle fut seule encore, elle travaillait à l'agence ; et c'était alors qu'elle avait tâché d'enfermer dehors la tempête, ne pas faire de vagues, et...

Pour l'amour du Ciel, assez ! se dit Karen. *Cesse de jouer avec les mots. Tu n'es pas en train de rédiger une pub, et tu te noies tout simplement en t'apitoyant sur toi-même.*

Karen cligna vivement des yeux pour se reprendre, et passa sur la voie de droite qui menait vers le nord, l'autoroute de San Diego. Fini de jouer avec les mots, à présent. Elle savait ce qu'elle faisait, elle savait où elle allait.

Comme elle apercevait la bretelle de sortie, un avion gronda au-dessus de sa tête, passa en plongeant juste au-dessus de l'autoroute. Karen le perdit de vue quand elle s'engagea sur la bretelle et descendit tourner à gauche dans la rue en contrebas, qui passait sous l'autoroute.

Elle roula moitié moins vite qu'auparavant ; elle eut soudain conscience de l'atmosphère brûlante, âcre, de la vallée de San Fernando ; elle était sortie de son imaginaire royaume sous-marin pour se retrouver dans un désert bien réel. Autrefois, il n'y avait pas si longtemps, la vallée avait été une terre sableuse et inculte. Puis un million de hardis pionniers l'envahirent, plantèrent leurs arbustes malingres et leurs bicoques. Mais tous les supermarchés, les bowlings, les magasins de réparation automobile, les cinémas drive-in, les gargotes drive-in, les pompes funèbres drive-in, ne pouvaient dissimuler le fait que c'était toujours un désert. Et le sable continuait à voltiger au vent à travers les parkings des centres commerciaux, où les fils des hardis pionniers achetaient des pantalons semblables à celui que Karen immortalisait dans son texte.

Karen se dirigea vers l'ouest, face au soleil, vira au nord au feu rouge et laissa défiler sur sa droite l'étendue de l'aéroport, où l'appareil qu'elle avait vu plonger se posait maintenant avec lourdeur. Elle tourna et franchit la troisième entrée, et vint stopper près d'un fouillis de petits monomoteurs groupés autour d'un hangar au toit de tôle, inertes abeilles de métal devant leur ruche béante.

Un bâtiment de planches, rectangulaire, attenait au hangar ; sur son flanc, une inscription à la peinture écaillée : *Avions-taxis Raymond.* Au-dessus de la porte ouverte se trouvait une indication en lettres plus petites : *Bureau.* Debout dans l'embrasure, clignant des yeux dans le soleil tandis qu'elle regardait Karen s'approcher, se tenait Rita Raymond.

En la voyant, Karen se dit pour la centième fois : *elle ressemble à Bruce.* Et pour la centième fois, elle se surprit à hésiter un instant tandis qu'elle avançait. Car elle savait que, malgré la ressemblance frappante dans les traits, Rita ne ressemblait pas du tout à Bruce.

La grande femme brune au visage fortement bronzé et aux sombres yeux bruns était vêtue de bottes, de Levis, et d'une chemise passée à manches courtes, mais cette tenue ne parvenait pas à dissimuler la plénitude de ses hanches ni la rondeur mûre de ses seins ; les yeux et le nez auraient pu être ceux de Bruce, mais le corps était vraiment bien à elle. A la connaissance de Karen, le corps de Rita était en vérité une propriété extrêmement personnelle, car elle n'avait jamais vu personne accompagner la sœur aînée de Bruce. Si elle avait en fait une vie sexuelle, celle-ci était aussi bien cachée que ses appas étaient visibles. Pourtant, elle était capable d'affections profondes ; elle adorait les avions, elle adorait les rafistolages mécaniques auxquels elle se livrait sur eux, elle adorait voler, elle adorait son frère...

Mais pas moi, songea Karen. Et elle hésita encore sous le regard fixe de Rita.

Elle eut conscience de l'effort qu'elle faisait pour continuer à marcher, pour s'arracher un sourire et des mots de salutations.

— Je vois que vous avez appris la nouvelle, dit Rita.

— Oui, bredouilla Karen. Ils vous ont appelée aussi ?

— Le docteur Griswold m'a téléphoné hier soir.

— Hier soir ?

Karen ne put empêcher sa voix de marquer sa surprise. Mais l'expression de Rita demeura inchangée. Elle s'effaça et fit un geste de la main.

— Entrez donc.

Karen pénétra dans le bureau et Rita lui désigna un

siège près du grand ventilateur électrique posé sur le plancher. Comme Karen s'asseyait, elle perçut avec acuité le puissant bourdonnement de l'engin et le flot d'air qui faisait bruire les plans de vol épinglés au mur latéral.

— Je suppose que vous comptez monter là-haut, dit Rita.

— Bien sûr. J'y vais.

— Maintenant ? Ce soir ?

— J'ai quitté mon travail dès que j'ai reçu le message. (Karen remua avec gêne sous le regard fixe de Rita, et le souffle du ventilateur fit voltiger ses cheveux.) Pensiez-vous que j'aurais pu attendre un instant de plus que je ne devais ?

— Non. (Rita secoua la tête.) J'ai dit à Griswold que vous ne voudriez pas attendre.

— Mais *j'ai* attendu. Cela fait plus de six mois. Ne trouvez-vous pas que j'ai le droit de voir mon propre mari ?

— Ce n'est pas la question, dit Rita. C'est un problème d'ordre médical.

— Le docteur Griswold m'a dit que je pouvais venir. Il *veut* que Bruce me voie. Il ne vous l'a pas expliqué ? La réaction de Bruce aidera à déterminer s'il est ou non en état de sortir.

— Je sais. (Rita alluma une cigarette et aspira profondément la fumée.) Je pensais simplement à la dernière fois où vous l'avez vu.

— Mais Bruce était malade, à ce moment-là, nous

le savons toutes deux. Et maintenant, il est redevenu bien. Vous me l'avez dit vous-même...

Rita expira, et le souffle du ventilateur dispersa la fumée, environnant son visage d'un halo gris.

— Je vous ai dit qu'il paraissait tout à fait sensé quand je suis allé le voir. Et il a donné chaque semaine de nouveaux signes d'amélioration. (Le halo se dissipa et Karen put revoir le regard tranquille.) Toutefois, il y a une chose que vous devez vous rappeler. Je suis sa sœur. Il n'a jamais eu aucun motif d'hostilité envers moi.

— Et qu'est-ce que ça signifie, en principe ? dit Karen, qui sentit se raidir les muscles de sa mâchoire et de ses tempes. Voulez-vous dire que je suis responsable de ce qui est arrivé ?

Seul lui répondit le bourdonnement profond du ventilateur. Et Karen pensa : *elle dissimule sa haine derrière des allusions. Elle cherche à éveiller ma culpabilité.*

Les tempes de Karen battaient et sa mâchoire était si tendue qu'elle eut du mal à articuler les mots. Mais ils sortirent.

— Très bien. Je suis responsable du fait qu'on a mis Bruce dans cette institution. Vous êtes allée le voir toutes les semaines, mais on m'a dit de ne pas venir, et j'ai obéi. Pendant six mois, je me suis tenue à l'écart. Maintenant, j'ai la permission d'aller là-bas, et je n'attendrai pas. Parce que s'il est en état de sortir, eh bien, ça aussi fait partie de mes responsabilités, de m'assurer qu'il ne reste pas là-bas un instant de plus que nécessaire.

Rita écrasa sa cigarette.

— Une chose encore. (Elle releva la tête, les yeux étrécis.) Imaginez qu'il ne soit pas en état ? Imaginez que ça le reprenne en vous revoyant ? Vous êtes prête à accepter cette responsabilité-là aussi ?

Cette fois, ce fut au tour de Karen de demeurer silencieuse, mais la question demeura comme un écho.

— Pourquoi Griswold vous a-t-il appelée la première, plutôt que moi ? dit enfin Karen.

— Parce que je vais régulièrement voir Bruce depuis le début, et il voulait mon avis avant de décider.

— Et vous le lui avez donné, n'est-ce pas ? (La voix de Karen était presque un murmure.) Vous lui avez dit qu'à votre avis, Bruce n'était pas prêt à me voir.

— Je lui ai dit la vérité, fit Rita. Je lui ai dit que selon moi, il prendrait un gros risque s'il vous mettait ainsi en face de Bruce, sans avertissement. Il a répondu qu'il allait y réfléchir.

— Eh bien, ça signifie que sa décision était prise, quand il m'a appelée aujourd'hui, dit Karen en se levant. S'il est prêt à courir le risque, moi aussi.

— Ce n'est ni vous ni Griswold qui allez courir un risque, dit Rita. C'est Bruce. Vous ne comprenez pas cela ?

Karen se dirigea vers la porte et Rita se dressa vivement, l'intercepta ; ses doigts puissants s'enfoncèrent dans le bras de Karen.

— Je vous préviens ! Laissez mon frère tranquille...

D'un mouvement brusque, Karen dégagea son bras.

— C'est mon mari, dit-elle. Et je veux qu'il me revienne.

— Non ! Ne partez pas...

La voix âpre de Rita se brouilla, se confondit avec le vrombissement du ventilateur, tandis que Karen forçait le passage et se précipitait au-dehors. Rita ne fit pas un mouvement pour la suivre, mais quand Karen se glissa au volant de la voiture, il lui sembla que la femme l'appelait. Avec le bruit du moteur, impossible d'entendre sa voix, et dans le crépuscule qui venait, impossible de voir l'expression de son visage noyé d'ombre.

Karen manœuvra, la voiture fit demi-tour, face au coucher de soleil mourant, et franchit vivement le portail de sortie ; elle tourna à droite dans la rue. Elle se dirigea vers le sud, dans l'obscurité grandissante.

Et puis la nuit vint très vite.

4

La lune se levait au-dessus des collines lorsque Karen quitta la grand-route et s'engagea sur la petite route de traverse qui menait à la forêt.

Au loin, elle aperçut une dernière fois les lumières, à l'endroit où elle s'était arrêtée pour prendre de l'essence et manger un sandwich. Puis la lueur lointaine disparut. Le brouillard tourbillonna devant Karen, sur la chaussée sinueuse, et elle se mit en codes, réduisit sa vitesse et avança prudemment au pas tandis que la voiture grimpait des virages brusques.

Ici, il n'y avait pas de circulation, aucun signe d'habitation dans les bois que dominait le sommet des collines. La lune monta dans le ciel ; quelque part au loin, un coyote lui rendit un hommage lugubre.

Le brouillard s'était considérablement épaissi quand Karen atteignit la bifurcation, mais elle reconnut la petite pancarte blanche et discrète — *Route Pri-*

vée — et manœuvra pour s'engager sur la surface gravillonnée qui serpentait entre de grands arbres.

Quelque part au milieu des arbres, elle perdit la lune, et il n'y eut plus que la faible lueur de ses phares sur le gravier gris. Une paire de minuscules yeux jaunes brasilla un instant sur le bas-côté, puis disparut vivement dans les bois, laissant Karen seule.

Brusquement, elle arriva devant la haute clôture de grillage au bout de la route. C'était une clôture passablement impressionnante, qui s'étendait aussi loin que l'œil pouvait la suivre de part et d'autre d'une grille d'entrée tout aussi haute, mais Karen en comprenait l'utilité et ne fut pas étonnée. Ce qui la surprit fut de trouver la grille d'entrée grande ouverte, et Karen en fut troublée un instant, jusqu'au moment où elle se rappela qu'on attendait sa venue.

Elle franchit le portail et la voiture emprunta une piste goudronnée qui sinuait dans les bois à l'intérieur de l'enceinte. Puis les arbres se raréfièrent, elle retrouva la lune et aperçut sous sa faible lueur la silhouette ombreuse de la maison.

C'était plus qu'une maison, reconnut Karen ; celui qui l'avait bâtie avait réalisé son rêve d'une demeure solitaire et splendide. Deux étages de brique, avec une impressionnante façade et une aile de chaque côté. Le foyer d'un millionnaire, au temps où un million de dollars, ça représentait encore beaucoup d'argent.

A présent, c'était un foyer d'un genre différent ; une maison de repos, comme on disait par un euphémisme poli ; et ses occupants, quoique pas millionnaires, étaient loin d'être des miséreux. Comme Karen ne le savait que trop bien, il fallait de l'argent pour être soigné à la clinique privée du docteur Griswold. Pas étonnant que le nombre des pensionnaires fût limité à une demi-douzaine environ.

Ayant tourné dans l'allée, Karen stoppa devant l'entrée principale. La silhouette de la maison n'était plus entièrement noyée d'ombre ; derrière les rideaux tirés qui masquaient les fenêtres, la jeune femme distingua des rais de lumière qui jetaient des reflets sur le grillage.

Karen ouvrit la portière de la voiture, et la lampe-témoin illumina l'intérieur. Un instant, elle s'examina dans le rétroviseur. Les cheveux bien en place. Le maquillage récent. Elle s'en était occupée dans les lavabos du bar. Mais elle avait tout de même l'air un peu fatiguée, un peu tendue. Depuis son départ, elle n'avait cessé de faire un effort conscient pour chasser de son esprit sa conversation avec Rita, mais des phrases résonnaient encore. *Imaginez qu'il ne soit pas en état. Imaginez que ça le reprenne en vous revoyant. Un gros risque. Je vous préviens !*

Eh bien, il n'était pas encore trop tard. Elle pouvait fermer la portière, faire demi-tour, reprendre le chemin de la maison. La maison ? Cet appartement vide ? Elle l'arpentait toute seule depuis six mois, et ça suffisait.

Se forçant à sourire, elle sortit de la voiture, marcha jusqu'à la porte d'entrée et sonna. Personne ne répondit.

Elle appuya encore sur le bouton, entendit le carillon étouffé se taire doucement. Il n'était qu'un peu plus de neuf heures ; bien que le personnel, elle le savait, fût restreint, tout le monde n'était certainement pas parti se coucher.

Karen saisit la poignée de la porte pour la secouer et s'aperçut qu'elle tournait dans sa main. La porte s'ouvrit soudain.

Karen s'avança avec hésitation dans le haut vestibule faiblement éclairé et distingua brièvement un sol de mosaïque, des murs lambrissés et des portes fermées, en bois sombre, de chaque côté ; un escalier massif au fond. Au pied de l'escalier, un lampadaire près d'un bureau de réception. Et, assise au bureau, une femme en uniforme blanc ; l'infirmière de nuit.

Un instant, Karen hésita, s'attendant à quelques mots d'accueil. Mais l'infirmière ne disait rien, se contentait de l'observer fixement. En approchant du bureau, Karen vit que son regard était plus que fixe ; la femme avait des yeux franchement furibonds. Karen se sentit sourire avec difficulté en arrivant devant le bureau. Ici, la lumière du lampadaire était plus vive et se reflétait dans les yeux exorbités.

Les yeux exorbités... *et le cordon brun qui formait une boucle serrée autour du cou de la femme...*

Karen avala son souffle ; involontairement, sa main

balaya l'air pour toucher l'infirmière à l'épaule. Et la silhouette rigide tomba le nez sur le bureau.

Inutile de hurler. Inutile de saisir le téléphone sur le bureau, puisque le cordon de l'appareil avait été arraché et qu'il avait servi de garrot d'étrangleur.

Inutile d'hésiter non plus. Il fallait sortir d'ici, et tout de suite, par la porte encore ouverte. Karen pivota, et ce fut alors qu'elle vit la fumée.

Elle s'échappait sous l'autre porte, la porte fermée à l'autre bout du bureau de réception. Karen se rappela son unique visite précédente, et elle se rappela cette porte ; derrière, se trouvait le cabinet personnel du docteur Griswold.

Elle s'avança vers le battant, tourna violemment la poignée, ouvrit en grand. Une fraction de seconde, ses paupières se fermèrent convulsivement, puis elle rassembla ses forces pour contempler ce qui se trouvait de l'autre côté de l'embrasure.

Avec un élan de soulagement, elle se rendit compte que la pièce était inoccupée. Et qu'elle n'était pas en feu.

La fumée provenait de l'âtre, contre le mur du fond : la fumée, et le relent âcre et carbonisé du papier entassé sur les braises rougeoyantes.

Des morceaux de papier roulés en boule avaient été jetés partout sur le tapis, ainsi qu'une série de chemises en papier bulle ; il y en avait d'autres çà et là sur le bureau, et quelques feuilles volantes pendaient des tiroirs ouverts de l'armoire métallique de classement, dans le coin de la pièce.

Sur ces entrefaites, Karen prit conscience d'une autre odeur. Avait-on versé quelque chose sur le contenu de la cheminée pour déclencher la combustion ? Quelque chose qui n'était ni du pétrole, ni de l'essence, quelque chose dont elle n'arrivait pas à identifier l'âcre puanteur ?

Karen s'avança, regarda fixement les fragments de papier noircis. Il n'y avait rien qui puisse expliquer l'origine de l'autre odeur, l'origine du grésillement qui résonnait faiblement mais sans arrêt dans ses oreilles.

Le grésillement...

Karen pivota et vit la petite porte, à l'opposé de la cheminée, et la lumière qui brillait sous cette porte. C'était de là que provenait le grésillement.

Elle eut à peine conscience de ses mouvements quand elle gagna cette porte, l'ouvrit.

Un fauteuil était installé au centre de la petite pièce aux murs blanc ; un fauteuil très particulier, doté d'accoudoirs et d'un appuie-tête rembourrés, un fauteuil d'où partait un système de fils qui s'étendait autour de lui comme une toile d'araignée.

Karen le reconnut pour ce qu'il était ; un dispositif de thérapie par électrochocs. Le grésillement émanait du caisson situé derrière, le caisson d'où partaient les fils. Chaque fil se terminait par des électrodes, agrafés sur la peau nue des tempes, du cou, des poignets de la silhouette ligotée sur le fauteuil. La silhouette aussi, Karen la reconnut.

— Docteur Griswold !

Griswold ne répondit pas. Il resta simplement assis ; le courant palpitait en grésillant à travers lui et son corps rigide tressaillait imperceptiblement sous la force des décharges. Les électrodes étaient maintenus par des bandes de sparadrap, mais il n'y avait pas de tampons en dessous pour protéger la peau. Alors, Karen comprit l'origine de l'autre odeur.

C'était celle de la chair qui brûle.

5

Quand Karen se rua hors de la clinique, sa seule pensée fut de s'enfuir.

Ce n'était même pas une pensée, mais une simple impulsion, aussi aveugle que la terreur qui l'engendrait, aussi aveugle que le brouillard contre lequel elle luttait tandis que la voiture zigzaguait à travers les bois, sur la route sinueuse qui la ramenait vers la vallée.

D'une certaine façon, la difficulté du parcours fut un bienfait ; la lutte contre le volant aida Karen à lutter contre la panique, et quand elle atteignit la bifurcation, la jeune femme était presque calmée. L'éclairage atténué de la station-service indiquait que celle-ci avait fermé pour la nuit, mais elle vit la cabine téléphonique extérieure et se rendit compte qu'il lui fallait s'arrêter et appeler la police.

Plus tard, Karen ne put se rappeler ce qu'elle leur avait dit au juste, mais ce fut suffisant pour mettre les choses en branle. Elle ne voulut pas donner son nom, mais elle promit pourtant d'attendre leur arrivée.

Bien entendu, elle n'avait nullement l'intention de rester ; elle avait pris sa décision avant de donner le coup de téléphone. Une fois les autorités alertées, c'était leur problème. Que disait Bruce, à propos de l'armée ? Fais ton devoir, reste dans le rang, et ne sois jamais volontaire. Eh bien, elle avait fait son devoir, et maintenant c'était leur affaire. Elle ne pouvait se permettre de rester, car si elle restait, elle serait mêlée à l'histoire. Et Bruce aussi. Il ne fallait pas. Pas avec le dossier et les antécédents qu'il avait !

Et donc elle leur raccrocha au nez en plein milieu d'une phrase et retourna à la voiture ; elle y monta, certaine que d'ici le moment où quelqu'un arriverait à la station-service, elle serait trop loin pour qu'on la retrouve.

Ce qu'elle n'avait pas prévu, c'était qu'elle serait incapable de démarrer.

Ce n'était pas un problème d'essence ou de carburateur ou de moteur. L'ennui, c'était simplement que ses doigts tremblaient tellement qu'elle n'arrivait pas à fourrer la clé dans le contact. Karen était assise, tout à fait calme, complètement maîtresse d'elle-même, à part qu'elle grelottait irrépressiblement. Elle n'éprouvait rien du tout, qu'un engourdissement. *Tu es en état de choc*, se dit-elle.

Si elle avait pu sangloter, si elle avait pu hurler, alors peut-être aurait-elle pu bouger. Mais il n'y avait que ce frisson perpétuel tandis qu'elle essayait maladroitement d'introduire sa clé ; ce frisson qui évoquait l'image du corps de Griswold, tressaillant et palpitant. Quand elle jeta un regard à son rétroviseur, elle vit ses yeux de cadavre qui la contemplaient.

Karen ferma ses propres paupières, croisa convulsivement ses mains contre son ventre, et trembla.

Elle était toujours assise quand la voiture de patrouille et son projecteur surgirent du brouillard.

Il y avait trois hommes dans la voiture, et le sergent Cole fut très poli et parla d'une voix douce ; il attendit patiemment qu'elle ait réussi à ouvrir son sac et à sortir son permis de conduire. Elle n'arrivait toujours pas à contrôler complètement ses doigts mais, assez bizarrement, sa voix était ferme. Au début, elle refusa purement et simplement de retourner avec eux à la maison de repos, mais le sergent Cole annonça qu'un de ses hommes allait la conduire dans sa voiture à elle ; et, non, elle n'aurait pas à regarder les corps.

Le policier qui conduisit Karen à la clinique était un homme dans la force de l'âge, trapu et carré, nommé Montoya. Hyams, son compagnon, plus jeune et plus mince, avait pris place à côté d'elle sur la banquette arrière.

Karen ne s'attendait pas à ce qu'on la fasse escorter par deux hommes, et d'abord elle fut un peu interloquée ; puis elle comprit que c'était une mesure de prudence. Cette idée la frappa brutalement, l'arrachant à son état de choc pour la précipiter dans un autre, d'un autre genre.

Elle était suspecte.

Karen se raidit, bougea avec gêne sur son siège, attendant qu'un de ses compagnons rompe le silence, se mette à poser des questions.

Mais il n'y eut pas de questions. Montoya mâchait du chewing-gum et se concentrait sur la conduite ; il suivait de près la voiture de patrouille, à travers le brouillard. Hyams paraissait se détendre à côté d'elle, à moitié endormi. Ce fut seulement quand elle fouilla dans son sac pour y prendre un mouchoir que la main de l'homme s'abattit instantanément sur la banquette, à quelques centimètres seulement de la crosse de revolver qui dépassait de son étui. Karen croisa son regard et il sourit, mais sa main resta où elle était durant le reste du trajet.

Et quand ils se garèrent enfin dans l'allée devant la grande maison, Hyams resta assis à côté d'elle.

— Attends ici, lui dit Cole quand il fut sorti de la voiture de patrouille. (Et il fit signe à Montoya.) Allons-y.

La porte d'entrée béait — Karen se rendit compte pour la première fois qu'elle ne l'avait pas fermée en sortant — et les deux hommes disparurent à l'intérieur. Les yeux fixés sur la porte, Karen tordait son mouchoir entre ses doigts. Hyams ne disait rien, mais elle sentait qu'il observait tous ses mouvements.

Un long moment parut s'écouler avant que le sergent Cole ressorte de la maison. Mais quand il le fit, il se hâtait et ses jambes parurent cisailler l'air tandis qu'il rejoignait la voiture de patrouille. Il ouvrit la portière, se glissa sur le siège avant et un instant plus tard Karen entendit caqueter la radio. Elle ne put saisir ce qu'il disait, mais c'était un long message. Elle se demanda s'il avait réussi à trouver tel ou tel autre membre du personnel, ou certains des malades, et dans ce cas, ce qu'il avait appris.

Finalement, il se dirigea vers la voiture de Karen et fit signe à Hyams de baisser la vitre de son côté.

— Voulez-vous venir à présent, je vous prie ?

La question s'adressait à Karen, mais ce fut Hyams qui hocha la tête. Tous très courtois, très corrects. Et si Karen refusait, ils se montreraient tout aussi courtois et corrects pour la traîner de force à l'intérieur de la maison.

Mais peut-être était-elle injuste ? Ce fut ce qu'il lui sembla quand ils pénétrèrent dans le hall, car le sergent Cole passa délibérément devant elle pour lui éviter la vue du bureau de réception. Ellle se rendit compte qu'il tenait sa promesse : non, elle n'aurait pas à regarder les corps.

— Par ici, dit-il en désignant une porte ouverte sur la gauche.

Comme Hyams la conduisait de ce côté, elle aperçut fugitivement Montoya qui descendait le grand escalier au bout du hall. Il parut à Karen, malgré le faible éclairage, que le visage basané de l'homme était d'une pâleur anormale, mais peut-être était-ce une idée qu'elle se faisait.

Le sergent Cole hocha la tête à l'adresse de Montoya qui s'approchait.

— Ils sont en route. Quand ils arriveront, je veux qu'ils se mettent tout de suite au boulot, P. A. C. Je les rejoindrai dès que je pourrai. Mais à moins que vous tombiez sur quelque chose qui nous a échappé, dis-leur qu'on ne doit pas me déranger.

— Bon, dit Montoya.

Cole s'effaça et fit signe à Karen de franchir la porte, puis la suivit avec Hyams.

La pièce où ils entrèrent était manifestement un cabinet de travail, doté de rayonnages à livres encastrés dans deux des murs, du sol jusqu'au plafond. Des rideaux tirés masquaient les fenêtres du troisième mur, et sur le quatrième, au fond, étaient accrochés de nombreux parchemins et diplômes de médecine, dans des cadres ornementés. Karen jeta un regard au bureau et aux deux lourds fauteuils démodés, en cuir, devant le meuble, se rendant compte qu'elle avait déjà vu ce décor. Elle était venue dans cette pièce avec Bruce, lors de l'entrevue qui avait précédé l'internement.

Mais maintenant, le sergent Cole passait derrière le bureau pour s'asseoir, et c'était Hyams qui se tenait près d'elle, et non Bruce. Parce que le docteur Griswold était mort, et Bruce était...

Où est-il ? Où est-il en ce moment ? Elle ferma les

yeux, s'efforça de réprimer un hurlement silencieux.

— Vous vous sentez bien, Madame Raymond ? demanda Cole d'une voix feutrée et réconfortante.

Karen battit des paupières et rencontra son regard.

— Asseyez-vous, je vous prie.

Elle prit place dans le fauteuil le plus proche du bureau, consciente de la proximité de Hyams.

Et quoique le sourire de Cole fût paisible et détendu, Karen vit qu'il tenait maintenant un stylo-bille au-dessus d'un bloc-notes ouvert sur le bureau. Tous leurs mouvements étaient discrets, mais ces hommes savaient exactement ce qu'ils faisaient ; Karen se rappela avec quelle prestesse la main de Hyams était descendue vers l'étui de son revolver, dans la voiture.

P. A. C. Procédure d'Action Classique. Interrogatoire du témoin. Témoin, ou suspecte ? Elle allait devoir faire attention, très attention.

— Bien, Madame Raymond, nous aimerions que vous nous racontiez ce qui s'est passé...

Le plus bizarre, ce fut que Karen, à mesure qu'elle parlait, s'aperçut qu'elle se détendait. Elle s'attendait à ce que Cole lui demande pourquoi Bruce se trouvait à la clinique, et elle avait d'avance préparé une réponse, mais elle n'avait pas prévu qu'il n'y aurait pas d'autres questions sur la « dépression nerveuse » de son mari. Dès que Karen se fut rendu compte que l'on acceptait son explication, elle n'eut pas de difficulté à poursuivre.

Elle raconta le coup de téléphone de Griswold au

bureau et, à la demande du sergent Cole, précisa l'heure qu'il était. Alors elle indiqua aussi à quel moment approximatif elle était allée voir Rita ; et, sur une interruption de Cole, elle lui donna l'adresse de Rita et son numéro de téléphone.

Jusque-là, tout allait bien. Mais le problème se posait à présent de relater sa conversation avec la sœur de Bruce. Les avertissements de Rita concernant la visite, et le fait que Bruce n'était pas en état de sortir. Des éléments qu'il fallait à tout prix éviter de mentionner.

Mais comment ?

Le secours vint de l'extérieur, sous forme d'un bruyant hurlement de sirènes. Puis, derrière la porte, elle entendit résonner des pas dans le hall, et le murmur ample d'un grand nombre de voix.

Le sergent Cole fronça les sourcils et fit signe à Hyams.

— Dis-leur de se mettre en veilleuse, fit-il.

Hyams se leva et gagna la porte. Il l'ouvrit sur le boucan, se glissa au-dehors. Un instant plus tard, le bruit diminua notablement et Hyams rentra dans la pièce. Comme il fermait la porte et revenait s'asseoir, Cole releva les yeux sur Karen.

— Vous disiez ?

Il fut facile de reprendre le fil de l'histoire au moment où elle avait quitté Rita et pris la direction du Sud, facile de fournir à Cole l'horaire du trajet, qu'il nota point par point sur son bloc. L'arrêt pour prendre de l'essence, le sandwich, la montée dans le brouillard, son arrivée à la clinique.

— Vingt-et-une heures, dites-vous ?

— Environ. Peut-être quelques minutes plus tard.

De nouveaux bruits de pas étouffés, au-dessus, cette fois. Cole jeta un bref regard en direction du plafond, mais ne dit rien. Il fit signe à Karen de poursuivre.

La voix de Karen se mit alors à chevroter, non parce qu'elle avait des choses à dissimuler, mais à cause du mal qu'elle avait à les expliquer.

Les questions de Cole la guidèrent pas à pas sur son trajet en voiture, l'amenèrent devant la porte d'entrée de la maison. Que s'était-il passé après qu'elle avait sonné ? Comment avait-elle découvert que la porte n'était pas fermée ? Quelle était la première chose qu'elle avait remarquée en entrant ?

Les questions la conduisirent à l'intérieur de la maison même. Quand avait-elle vu l'infirmière ? Quelle avait été sa réaction quand elle avait constaté que l'infirmière était morte ? Avait-elle pensé à essayer de trouver un téléphone dans une autre pièce pour appeler la police ?

C'était de la symbiose, songea-t-elle. Il fournissait des questions, elle fournissait les réponses. Mais elle avait de plus en plus de mal à absorber les questions, et elle se demandait si ses réponses étaient cohérentes.

Karen lui parla de la fumée, et il voulut savoir ce qu'elle avait remarqué en premier — était-ce quelque chose qu'elle avait vu ou quelque chose dont elle avait senti l'odeur ? Elle parla de sa surprise à la vue du bureau de Griswold, et Cole lui soutira méticuleusement une description complète de la pièce et de son contenu.

Puis vint le pire moment, celui où elle s'était aventurée dans l'autre pièce, à côté, et la découverte du corps de Griswold. Karen ne pouvait pas tenir longtemps dans cette pièce, pas même dans son souvenir. L'évocation de la vision et de l'odeur lui donnaient envie de s'enfuir, et elle précipita sa narration pour atteindre le moment où elle s'était *réellement* précipitée au-dehors.

Cole leva son stylo du bloc et, du geste, commanda au flot de paroles de s'interrompre.

— Excusez-moi, Madame Raymond. Vous dites que vous avez fait demi-tour et traversé en courant le cabinet du docteur Griswold, et regagné le hall ?

— Oui.

— Qu'avez-vous fait ensuite ?

— Je suis allée à la porte d'entrée.

— Directement ?

— C'est cela.

Le stylo de Cole cessa de parcourir le papier. Il sourit à Karen :

— A ce moment-là, vous étiez bouleversée, pourrait-on dire.

— Bouleversée ? J'étais terrorisée !

Cole hocha la tête.

— Attendez, réfléchissez un instant. Peut-être y

a-t-il quelque chose que vous ne vous rappelez pas, quelque chose d'autre qui s'est passé.

Karen secoua la tête.

— Je ne pense pas.

— Etes-vous montée à l'étage ? murmura Cole.

— Non.

— Vous dites que vous étiez en proie à la panique, presque en état de choc. N'est-il pas possible que vous ayez agi sans être complètement consciente de vos actes, à ce moment-là ?

Karen fronça les sourcils.

— Je suis sortie en courant de la maison, dit-elle.

— Vous êtes certaine que vous n'êtes pas montée à l'étage, avant cela, ou à n'importe quel moment avant votre départ ?

— Pourquoi serais-je montée ?

A ce moment la porte s'ouvrit et Montoya entra dans le cabinet de travail. Karen se retourna dans son fauteuil, suivit le regard de Cole et vit Montoya debout dans l'embrasure.

— Désolé de vous interrompre, sergent.

Cole hocha la tête.

— Qu'est-ce que c'est ?

— Ils en ont fini avec Griswold et l'infirmière. Mais avant d'emballer, ils se sont dit que vous vouliez peut-être regarder encore les autres corps, en haut.

6

Les lumières de la salle d'interrogatoire étaient très brillantes. Karen distinguait les minuscules gouttelettes de transpiration qui se formaient sur les tempes grisonnantes du sergent Cole. Elle pouvait voir toutes les rides sur le visage concentré de l'autre policier, le lieutenant Barringer, qui les avait rejoints dans cette pièce.

Etrange. C'est le suspect qui, en principe, est à la torture lors des interrogatoires, mais elle se sentait à présent tout à fait calme. Et c'étaient les deux hommes qui transpiraient à la tâche.

Non qu'elle leur en voulût de suer, vu les circonstances. L'infirmière étranglée à la réception, Griswold mort, et deux autres corps découverts en haut. Elle savait de qui il s'agissait, maintenant : un infirmier nommé Thomas et une malade d'âge mûr. L'infirmier avait été poignardé, et la malade était apparemment morte d'une crise cardiaque, mais bien sûr on ne pouvait en être certain. Tout ce qu'on savait, c'est que quatre personnes étaient mortes ; trois membres du personnel et une malade.

Cinq autres chambres de l'étage avaient manifestement été habitées, et la clinique avait donc abrité cinq autres malades. Mais ils avaient disparu.

Ils avaient disparu, et tous leurs dossiers, tous les moyens de les identifier étaient partis en fumée dans la cheminée de Griswold.

Cinq malades mentalement dérangés, partis. Envolés. Un seul — Bruce — dont on connût le nom. Et toutes raisons de croire qu'un ou davantage de ces malades était un fou homicide.

Mais qui étaient-ils ?

Et où pouvaient-ils être allés ?

Pas étonnant que le lieutenant Barringer se renfrogne quand Karen secoua la tête.

— Je suis désolée, dit-elle. Je ne connais pas leurs noms. Je n'ai même jamais posé les yeux sur aucun d'entre eux. Je vous ai dit que je n'étais pas venue voir mon mari pendant qu'il était à la clinique.

— Pourquoi ça ?

— Le docteur Griswold estimait préférable que je reste à distance. Bruce paraissait tellement troublé...

— Troublé ?

Barringer releva le mot, mais Karen n'y pouvait rien. Impossible d'éviter le sujet, et si elle n'en parlait pas, ils l'apprendraient par Rita.

Bien sûr. C'est pour cela qu'il était en traitement, il

avait les nerfs malades. Depuis qu'il est revenu du Vietnam...

— Etait-ce un camé ?

— Non. Il n'a jamais pris de drogues.

— Vous êtes certaine de cela ?

— Mais bien entendu. Je suis sa femme. S'il y avait eu quoi que ce soit de ce genre, j'aurais été au courant.

— Quels étaient ses ennuis, alors ?

— Seulement les nerfs...

— Je vous en prie, Madame Raymond. Les gens ne passent pas six mois en clinique s'il n'y a pas un diagnostic quelconque. Le docteur Griswold vous en a certainement dit davantage. Quels étaient les symptômes ? Qu'est-ce que votre mari a fait, pour que vous décidiez de le faire interner...

— Je ne l'ai pas fait interner ! C'est Bruce lui-même qui a voulu aller se faire soigner !

En entendant l'écho strident de sa propre voix, Karen se rendit compte qu'elle était au bord de la crise de nerfs. Si elle voulait aider Bruce, il allait falloir qu'elle se maîtrise.

S'apaisant, elle regarda Barringer se glisser dans un fauteuil, de l'autre côté de la table. Il jeta un coup d'œil à Cole, puis se retourna vers elle.

— Excusez-moi, Madame Raymond. Je sais ce que vous ressentez.

— Croyez-vous ?

— Mais bien sûr. Vous avez eu un choc, vous êtes

fatiguée, toutes ces questions ne vous plaisent pas. (Barringer soupira doucement.) Ma foi, à nous non plus. L'ennui, c'est que nous avons besoin de quelques réponses. Et pour le moment, vous êtes la seule personne qui puisse nous aider.

— Je vous ai dit la vérité.

— Je vous crois.

— Que voulez-vous de plus, alors ?

— Le reste de la vérité. Ce que vous ne nous avez pas encore appris.

— Mais j'ai dit tout ce qu'il y avait à dire.

Barringer jeta un nouveau coup d'œil à Cole. Cole ne dit rien. Il n'avait pas besoin de parler, ni l'un ni l'autre n'en avait besoin. Il leur suffisait de rester assis, d'attendre qu'elle s'effondre et leur donne ce qu'ils voulaient. Tôt ou tard, elle finirait par être à leur main, et si elle était à leur main, Bruce aussi.

A moins que...

— Attendez une minute. (Karen prit une profonde inspiration.)

Les deux hommes levèrent vivement les yeux.

— Je viens de penser à une chose.

Cette fois, ce fut Cole qui lança un regard à Barringer, un regard qui signifiait : *vous voyez, je vous l'avais dit, elle est mûre.* Mais Barringer, jouant le jeu, le vieux jeu de l'attente qu'il connaissait si bien, ne réagit pas. Ses yeux demeurèrent fixés sur Karen, neutres.

— Continuez.

— Je téléphonais régulièrement chaque semaine à la clinique pour avoir des nouvelles. En général, je parlais au docteur Griswold, mais parfois il n'était pas disponible, et je m'adressais à son infirmière à la place. Elle dirigeait l'équipe de jour. Je suis sûre que si vous lui parliez, elle pourrait vous donner les noms des autres patients.

— Comment s'appelle-t-elle ? demanda Barringer en se penchant en avant.

— Dorothy. Dorothy Anderson.

Le sergent Cole gribouillait déjà sur son bloc.

— Vous avez une idée de l'endroit où elle habite ?

— Je ne suis pas certaine, hésita Karen. Mais je crois me rappeler l'avoir entendue dire qu'elle déménageait, il y a quelques mois. Oui... Elle s'installait dans un appartement à Sherman Oaks.

7

C'est un fait historiquement reconnu que William Tecumseh Sherman n'a jamais mis les pieds à Sherman Oaks. Il était bien trop occupé à avancer à travers la Georgie.

Dorothy Anderson l'enviait.

A ce qu'elle se rappelait avoir lu à l'école, l'avance à travers la Georgie n'avait pas été exactement un pique-nique ; il faisait sans doute une chaleur infernale, mais ça ne pouvait en aucune façon être comparable à la température de l'appartement deux-pièces que Dorothy occupait au rez-de-chaussée. Et le bruit enduré par les soldats n'était sûrement pas pire que ce qu'elle devait subir chaque week-end quand ces deux hôtesses de l'air tenaient table ouverte à l'intention de leur propre armée privée de volontaires, recrutés au bar des Joyeux Célibataires, sur Magnolia Boulevard.

Dorothy n'avait jamais vu le moindre magnolia sur Magnolia Boulevard. A ce propos d'ailleurs, dans « La

Chêneraie de Sherman » — Sherman Oaks, elle n'avait guère vu de chênes.

Elle avait pris cet appartement pour la seule raison qu'il était pratique. On était à deux blocs de l'autoroute et à moins d'une demi-heure de la clinique, et elle avait pensé que chaque soir à six heures et demie elle se retrouverait tranquille chez elle.

Seulement, de nos jours, avec cent cinquante dollars par mois, on ne peut pas se payer grand-chose en fait de chez-soi. Tenez, par exemple, ce soir. En dépit du conditionnement d'air qui sifflait comme un asthmatique sur le mur, l'endroit était un véritable four, si l'on peut imaginer un four avec un mobilier vieillot de chez Sears.

Quant à être tranquille et à avoir sa soirée libre, à quoi est-ce que ça revenait ? Ça signifiait que Dorothy jouissait de la liberté de faire des courses au supermarché, de remorquer ses commissions chez elle, de les déballer, de se cuire son repas sur la vieille cuisinière et de s'asseoir devant un dîner de surgelés, avec une sauce à la viande naturelle transformée en délice frémissant par le miracle du gaz naturel. Enfin, c'était ce que disait la publicité télévisée. Histoire de ne pas rigoler, Dorothy se demandait comment ce serait de manger un repas à la sauce pas naturelle, réchauffée sur du gaz pas naturel.

Elle écarta cette pensée ; si elle ne faisait pas attention, elle allait se mettre à ressembler à ces pauvres toqués de la clinique.

Dorothy débarrassa la table, fit la vaisselle. C'était plus que n'avaient à faire les pauvres toqués, parce qu'ils n'étaient pas du tout pauvres, en réalité. Ils étaient riches, ou leur famille était riche ; c'était forcé, avec les tarifs que prenait le vieux Griswold. Mais en échange de leur argent, ils avaient droit à un traitement princier. Libre circulation dans la maison, libre circulation à l'intérieur de l'adorable domaine situé derrière la clinique. Bien sûr, il y avait une barrière autour, mais il y avait des barrières autour de tout le monde, maintenant. Et si vous n'y croyez pas, essayez seulement d'aller quelque part sans carte d'identité, de voyager à l'étranger sans passeport, ou de prendre à droite dans un sens unique qui va à gauche. Essayez de voir si vous pouvez avancer longtemps à travers la Georgie actuellement, avant qu'un quelconque dur-à-cuire de shérif vous flanque au trou pour vagabondage. D'ailleurs, on n'a même pas besoin de partir pour se casser le nez contre une barrière, un entrelacs soigneux d'avertissements à payer les impôts de la commune, du comté, de l'état, et les impôts fédéraux, et les primes d'assurance, et les avis de découvert des sociétés de cartes de crédit.

Ça, les pauvres toqués n'avaient pas à s'en soucier ; ils n'avaient pas à préparer et à manger de surgelés pour le dîner, ni à laver d'assiettes en plastique ensuite.

Alors peut-être que ce n'étaient même pas des toqués ; peut-être savaient-ils quelque chose qu'elle ne savait pas. Par exemple, on expose toute sa boutique et on s'en fiche pas mal que quelqu'un regarde. Peut-être que c'était *elle* la toquée, de passer sa vie à s'occuper d'eux. *Pas nécessaire d'être fou pour travailler ici, mais ça aide.*

Dorothy empila la vaisselle en plastique sur l'étagère en plastique du placard, puis s'avança de six pas dans le salon et manipula les boutons de plastique du téléviseur portatif.

Non qu'elle eût envie de regarder une émission précise, mais le bruit l'aiderait ; il servirait au moins de contre-agression au son de la chaîne stéréo des voisines, qui tonnait à travers le mur.

Elle pouvait sortir, bien sûr, mais pour aller où ? Le cinéma local reprenait deux comédies classiques — une qui racontait l'histoire d'un jeune homme en colère qui se baladait costumé en gorille, et l'autre celle d'un jeune homme placide qui entretenait de plaisantes relations sexuelles avec son goret familier. Si artistiques et pleines de sens que pussent être ces deux œuvres saluées par la critique, Dorothy savait qu'elles serviraient seulement à lui rappeler ses malades.

Il y avait comme autre possibilité le Bar des Joyeux Célibataires, que fréquentaient les hôtesses de l'étage au-dessus. Mais, se rappela Dorothy, ce n'était pas un endroit pour une femme de trente-neuf ans (*bon, bon, quarante-quatre*). Elle s'y était trop souvent rendue, ou dans des établissements similaires, et elle finissait toujours avec un charmeur.

Le monde — ou du moins le monde des bistrots locaux (*Attractions Tous Les Soirs*) — était plein de charmeurs. Des hommes pleins d'esprit, bien habillés, bronzés, trente-neuf ans (*quarante-quatre ?*) et tout juste un soupçon de gris aux tempes et un soupçon de teinture ou une moumoute au sommet, tous nantis de voitures de sport d'occasion sur lesquelles ils étaient en retard de deux versements. Ils étaient aussi en retard sur le versement de la pension alimentaire de leur ex-femme, mais on n'entendait parler de ça qu'après avoir découvert que l'élégant bronzage s'arrêtait au-dessous de leur col, et que la sveltesse de la taille disparaissait quand ils ôtaient leur pantalon trop étroit.

Le Charme. Drôle comme peu de gens semblaient savoir ce que le mot signifiait réellement. Une formule, un truc créé pour faire illusion. Une chose utilisée par des prestidigitateurs, pour duper. Dorothy avait appris à se méfier des charmeurs, elle avait appris à ses dépens ce qui se cachait derrière les sourires faciles et les flatteries volubiles. Et pas seulement d'ailleurs en faisant la tournée des grands-ducs ; elle l'avait appris au cours de sa tâche quotidienne. Un bien trop grand nombre de ceux qui finissaient par aboutir à la clinique Griswold étaient des charmeurs. Pleins de faconde, spécialisés dans la sincérité et le sentiment, appuyant sur les remords, les reproches qu'ils se faisaient, les promesses de s'amender après chaque faute. Et sous la capacité habilement acquise de manipuler les autres, derrière le boniment soigneusement calculé, il y avait le petit garçon qui n'avait jamais grandi, parce qu'il n'avait jamais été *obligé* de grandir ; qui avait Maman et Papa pour lui dire combien il était mignon et pour arranger les gâchis derrière lui. Puis, plus tard, il y avait toujours une Dorothy ou son équivalent ; une pauvre pomme prête à écouter, à payer les pots cassés, à accepter les mensonges et les illusions de grandeur. Jusqu'au moment, bien sûr, où le petit garçon se heurtait à un problème que le charme ne suffisait pas à résoudre. Alors, il tombait en morceaux et aboutissait, hurlant et gigotant, dans un cabinet noir — ou la cellule d'une prison. Ou bien, si quelqu'un pouvait payer, à la clinique du docteur Griswold.

Dorothy ne voulait plus de charmeurs parce qu'elle voyait toujours le petit garçon en eux ; le petit garçon qui ne pouvait aimer que lui-même, et qui compensait ses frustrations en dépeçant des chats avec un couteau de boucher.

Elle alluma donc la télévision et regarda des charmeurs professionnels jouer une charade qui racontait l'histoire d'un détective privé extrêmement malin et sophistiqué, dont l'habileté de criminologiste scientifique était adroitement mise en lumière quand il flanquait son poing dans la mâchoire du méchant et l'envoyait au tapis d'un coup de karaté.

Suivirent deux spectacles également superficiels, puis vinrent les informations de fin de soirée. *Cela* n'était pas tout à fait aussi charmant, aussi Dorothy baissa-t-elle le son. Elle le baissa, mais elle ne le coupa pas. Elle voulait continuer à entendre des bruits de voix, une confirmation sonore du fait qu'elle n'était pas totalement seule. A trente-neuf ans (*ou quarante-quatre*), personne n'a vraiment envie d'être seul, quand vient minuit.

Dorothy passa dans la chambre et enleva le couvre-lit. Elle sortit sa chemise de nuit de la penderie et l'accrocha dans la salle de bains. A partir de là, ses mouvements furent entièrement automatiques, conditionnés par une longue habitude.

Pendant qu'elle se déshabillait, le speaker de la télévision dit quelques mots qu'elle ne saisit pas très bien à propos de la situation en Asie. Le compte-rendu de la manifestation et de l'émeute de Washington fut couvert par le bruit de la douche. Tout en se séchant avec une serviette et en enfilant sa chemise de nuit, Dorothy jeta un coup d'œil par la porte de la salle de bains ; sur l'écran de la télévision, un couple âgé incroyablement laid arborait une mimique de ravissement devant un pot de café instantané.

Il était presque l'heure du bulletin météo qui l'aiderait à décider quels vêtements elle allait préparer pour demain matin. Elle ouvrit la fenêtre de la salle de bains remplie de vapeur et alla dans le salon pour ne pas le manquer.

Le commentateur était en train de parler d'une dépêche de dernière heure...

— Des malades se sont échappés ce soir d'une maison de repos privée de Topanga Canyon, laissant derrière eux quatre morts.

Dorothy hoqueta et monta précipitamment le son.

— ... victimes de ce qui semble avoir été une meurtrière attaque-surprise ont été identifiées. Il s'agit du docteur Leonard Griswold, 51 ans, propriétaire et directeur de la clinique, de Mme Myrtle Freeling et de Herbert Thomas, membres du personnel...

— Oh, mon Dieu ! dit Dorothy.

Et le téléphone sonna.

Elle courut dans la chambre et décrocha.

— Miss Anderson ? Ici le lieutenant Barringer, de la police de Los Angeles.

C'était dur d'entendre à travers le bruit de la télévision. Le lieutenant parlait de la découverte des corps.

— Je sais, lui dit Dorothy. J'étais en train d'écouter les informations.

Le courant d'air venu de la fenêtre de la salle de bains n'arrivait pas jusqu'à elle, mais Dorothy avait froid partout, elle avait froid et elle tremblait. Elle manqua quelques mots quand le lieutenant reprit la parole et elle fit effort pour entendre.

— ... apparemment une malade, et nous avons besoin de votre aide pour l'identifier. Une femme âgée, soixante-cinq ans environ, petite, assez maigre, des lunettes sans monture...

— Mme Polacheck, dit Dorothy. Frances Polacheck. P-O-L-A-C-H-E-C-K. Non. Elle était veuve. Je crois qu'elle habitait Huntington Park, elle a une sœur là-bas.

— Il y avait combien d'autres malades à la clinique ?

— Cinq. (Il n'y avait pas de courant d'air, mais Dorothy frissonnait.) Pour l'amour du Ciel, dites-moi ce qui s'est passé !

— Pouvez-vous me donner leurs noms, s'il vous plaît ?

— Oui.

Dorothy prit une profonde inspiration. Elle sentait vaguement un appel d'air. Elle se retourna et vit que la porte de la penderie, derrière elle, s'ouvrait.

Dorothy se mit à hurler, mais c'était trop tard.

Un instant après, il y eut dans l'appartement quatre choses ouvertes. La fenêtre de la salle de bains. La porte de la penderie. Le tiroir de la cuisine où était habituellement rangé le couteau à découper. Et la veine jugulaire de la gorge de Dorothy.

Sur l'écran de télévision du salon, le présentateur promit à Dorothy qu'il ferait beau le lendemain, et plus chaud.

8

Le soleil du matin rayonnait à travers la fenêtre derrière le docteur Vicente et faisait un halo à sa tête chauve.

Karen, assise en face de lui de l'autre côté du bureau, cligna des yeux dans la lumière vive. Ses paupières privées de sommeil étaient pleines de sable, et elle se pencha en arrière pour éviter l'éblouissement. Mais il n'y avait pas moyen d'éviter le regard scrutateur du psychiatre de la police. Ni ses questions.

— Pourquoi votre mari était-il à la clinique ?

— Je vous en prie. (Karen secoua la tête.) J'ai tout expliqué au lieutenant Barringer hier soir. Est-ce que vous ne pouvez pas vous reporter à ses notes ?

— J'ai ici une copie de votre déclaration, dit le docteur Vicente en jetant un bref coup d'œil aux feuilles tapées à la machine qui se trouvaient devant lui. Mais cela nous aiderait si vous pouviez nous donner quelques renseignements supplémentaires. (Il lui sourit.) Par exemple, vous avez dit que votre mari souffrait des nerfs. Ce n'est pas très précis. Pourriez-vous décrire son comportement ?

Karen déplaça sa chaise vers la gauche, pour tenter de mettre ses yeux à l'abri du soleil.

— Il n'y a pas grand-chose à décrire, franchement. C'est seulement qu'il paraissait très tranquille. Trop tranquille.

— Absent ?

— J'imagine qu'on peut appeler ça ainsi. Il passait beaucoup de temps à rester simplement assis. Sans lire ni regarder la télévision. Assis, voilà tout. Il ne paraissait pas avoir envie de voir nos amis, ni même de sortir pour dîner ou aller voir un spectacle. Et il avait pris l'habitude de dormir jusqu'à midi.

— Se plaignait-il d'être épuisé ?

— Non. Bruce ne se plaignait jamais. Il ne parlait jamais de ce qu'il ressentait.

— De *quoi* parlait-il ?

— Eh bien... Au début, il disait qu'il allait envoyer son *curriculum vitae*, tâcher d'être reçu par des gens pour trouver du travail dans l'industrie. Il travaillait dans le codage de matériaux pour ordinateur, avant de partir à l'armée. Mais je ne pense pas qu'il ait jamais mis ça à exécution.

— Vous ne l'avez jamais interrogé à ce sujet ?

— Non. Parce que je voyais bien que quelque chose n'allait pas, même s'il refusait de me dire ce qu'il avait sur le cœur.

— Mais vous avez dû en discuter, avant que vous décidiez de le faire entrer à la clinique.

Karen se força à croiser le regard du docteur Vicente.

— C'est Bruce qui a décidé, en fait. Il savait qu'il avait un problème, et il voulait qu'on l'aide.

— Je vois. (Le docteur Vicente se renversa en arrière.) Mais à ce que je comprends, la clinique était plutôt coûteuse. Vous saviez certainement qu'il pouvait obtenir des soins gratuits par l'intermédiaire du ministère des Anciens Combattants.

— Non... L'idée d'un hôpital d'anciens combattants lui faisait horreur...

— Pourquoi ?

— Il disait que les salles de psychiatrie étaient comme une prison, en pire. Il ne pouvait pas supporter l'idée d'être parqué comme une bête...

La voix du docteur Vicente était douce :

— Votre mari avait-il déjà été dans la salle de psychiatrie d'un hôpital d'anciens combattants, madame Raymond ?

Le sable disparut des yeux de Karen, inondés de larmes soudaines.

— Ne parlez pas ainsi de Bruce ! Je vous ai dit qu'il était entré en clinique volontairement, et le docteur Griswold estimait qu'il était en état de sortir. Il n'est pas fou, il ne l'a jamais été !

Ce fut seulement plus tard, en y réfléchissant, que Karen se rendit compte que le lieutenant Barringer avait dû écouter la conversation dans une autre pièce. Mais sur le moment, quand il franchit la porte, tout ce qu'elle vit fut un homme fatigué qui avait grand besoin de se raser.

— Je ne vous dérange pas, non ? fit-il.

Le docteur Vicente secoua la tête. Karen se tamponna les yeux avec un mouchoir sorti de son sac.

Barringer se dirigea vers le bureau.

— Je voulais seulement vous signaler que nous lançons un appel à la radio et à la télévision. Tous les journalistes vont le retransmettre toute la journée. Nous demandons aux familles des malades qui ont disparu de la clinique de nous joindre, pour situer leur entourage et nous donner toutes indications qu'elles peuvent avoir sur l'endroit où ils se trouvent.

Le docteur Vicente poussa un soupir :

— Si j'étais vous, je ne compterais pas sur eux pour vous aider.

— Pourquoi ça ?

— Je crains que les familles n'éprouvent sans doute les mêmes sentiments que Mme Raymond. Ces gens ne veulent pas courir le risque d'incriminer leur mari, leur femme, leur fils ou leur fille. Vous devez vous rappeler que ces malades ont été envoyés à cette clinique pour que leur état reste une affaire privée. Ces meurtres ne feront qu'intensifier le désir des familles de protéger les leurs d'une accusation éventuelle.

— Je me rends compte que nous n'avons que de faibles chances d'aboutir de ce côté-là, dit Barringer, et il jeta un coup d'œil à Karen. C'est pourquoi j'espérais que Mme Raymond écouterait la voix de la raison.

Karen leva vivement la tête.

— C'est vous qui n'êtes pas raisonnables. Simplement parce que Bruce était un pensionnaire de la clinique... Cela ne signifie pas qu'il est mêlé à ces meurtres. Pourquoi aurait-il tué ces gens et se serait-il enfui, alors qu'il était sur le point de sortir ?

— Vous en tirez une conclusion hasardeuse...

— Et vous ? (Karen fit directement face à Barringer.) Ce matin, vous avez dit qu'on avait tué Dorothy Anderson pour l'empêcher de parler. Où est votre preuve ? Des gens sont assassinés tous les jours. Ce n'était peut-être qu'une coïncidence.

Le lieutenant Barringer haussa les épaules.

— La voiture de Griswold avait disparu de la clinique, hier soir. Nous l'avons retrouvée il y a environ une heure, garée dans une rue transversale, à peu près à un bloc de distance de l'appartement de Dorothy Anderson.

Karen se détourna, mais la voix de Barringer la poursuivit :

— Ça ressemble toujours à une coïncidence, madame Raymond ?

— Je vous dis que Bruce ne ferait de mal à personne...

— Nous n'avons pas accusé votre mari. (Le docteur

Vicente se leva et contourna le bureau pour s'approcher de Karen.) Tout ce que nous disons, tout ce que nous savons pour le moment, c'est que c'est un des cinq échappés de cette clinique. Et que, selon les éléments dont nous disposons à l'heure actuelle, il semblerait qu'un de ces évadés ou plusieurs ont commis les meurtres.

— Mais vous admettez que vous ne savez pas lequel, dit Karen.

— En effet, fit le docteur Vicente avec une petite moue. Mais toutes les indications semblent définir *ce* qu'il est. Une personnalité asociale. Quelqu'un qui peut sembler se comporter tout à fait rationnellement, qui peut même la plupart du temps manifester une brillante intelligence, mais qui devient absolument impitoyable lorsque sa violence se déchaîne. Ne vous y trompez pas, celui qui a tué ces gens sait exactement ce qu'il est en train de faire, et pourquoi. Il a entrepris de détruire toute preuve de son identité, qu'il s'agisse de choses ou d'êtres vivants. Et ça signifie que vous êtes vous-même en danger.

— Mais c'est ridicule !

— Ridicule ? coupa le lieutenant Barringer, sourcils froncés. Le journal du matin a un article en première page sur la tuerie. Votre nom est cité.

Karen ne dit rien, mais ses mains se resserrèrent sur le fermoir de son sac.

— Ne vous méprenez pas, je vous prie. Nous ne

sommes pas en train d'essayer de vous inquiéter. Mais peut-être comprenez-vous à présent l'importance qu'il y a à coopérer à tous les niveaux. Votre propre sécurité est en cause. Tout ce que vous pourrez nous dire qui puisse mener à l'arrestation de l'assassin...

Les doigts de Karen s'enfoncèrent dans les plis de son sac, mais elle secoua la tête.

— Je vous ai déjà dit tout ce que je sais.

— C'est bon, fit le lieutenant Barringer. Alors, allons au Q. G.

— Au Q. G. ?

Barringer hocha la tête.

— Je vais être obligé de vous mettre en détention pour vous protéger.

— Non ! (Karen se leva vivement.)

— Désolé. Vous êtes un témoin direct.

— Mais vous avez déjà ma déposition.

— S'il y a de nouveaux développements dans l'affaire, il faudra peut-être que nous vous interrogions encore.

— Pas besoin de m'enfermer pour ça ! Je ne vais pas quitter la ville. Je travaille ici, vous pouvez me joindre à n'importe quelle heure du jour ou de la nuit...

— Et la personne qui a commis les meurtres aussi. (Le lieutenant Barringer secoua la tête.) Il est de notre responsabilité de veiller à ce que vous ne soyez pas en danger.

— Mais ça peut durer des semaines ! Je vais perdre mon emploi !

— Et sauver votre vie.

— Je vous en prie ! Il doit y avoir un autre moyen, dit précipitamment Karen. Et si vous me donniez un garde du corps...

— Avez-vous la moindre idée du nombre d'hommes qui sont déjà sur l'affaire ? En fait, nous sommes à court d'effectifs. Ce que vous demandez implique que nous vous affections au moins trois hommes qui se relèvent toutes les huit heures. Et il n'y a pas que le personnel, il y a l'argent des contribuables auquel nous devons penser.

— Je suis une contribuable. C'est aussi mon argent. Et si je perds mon poste à l'agence à cause de ça... (Karen sentit venir les larmes, les refoula.) Je vous en prie, il faut que vous me donniez une chance !

Barringer jeta un regard au docteur Vicente.

— C'est bon, dit-il. Mais je veux que ce soit bien compris. Pas de déclarations à la presse, pas d'interviews télévisées. Et vous obéirez aux ordres de quiconque sera chargé de veiller sur vous.

— Je vous le promets.

— Vous feriez mieux de réfléchir. Ça ne va pas être facile. Vous n'aurez aucune intimité. Il y aura quelqu'un qui vous observera jour et nuit. Et s'il arrive quoi que ce soit...

— Il n'arrivera rien, dit vivement Karen. Vous verrez.

En même temps, elle fixait les deux hommes, essayait de déchiffrer leur expression, se demandait s'ils la croyaient.

Non que ce fût important.

Parce qu'elle ne le croyait pas elle-même.

9

Le bulletin météo avait tenu sa promesse. Il faisait beau et plus chaud à Los Angeles.

Non que les gens fussent en train de penser au temps. Ils étaient trop occupés à lire l'article qui faisait la manchette du *Times* et à écouter les informations du matin. Et bien qu'il fît chaud, un frisson collectif balaya la ville. Des souvenirs commencèrent à se ranimer.

Il y avait eu un étrangleur à Boston, des meurtriers impitoyables dans les plaines du Middle-West, un tireur énergumène en haut d'une tour du Texas, un assassin psychopathe à Phoenix, un tueur de travailleurs saisonniers qui remplit plus de deux douzaines de tombes à fleur de terre, çà et là parmi les terres arables de Californie. Quelque part du côté de la Baie, un môme amateur de carnage transformait les homicides en défonce, se vantant des victimes qu'il énumérait dans des lettres aux journaux, signées du nom fatidique de Zodiaque. Et ici même, dans Los Angeles au temps beau et plus chaud, les gens se rappelaient la « famille » Manson.

Tous les hommes sont frères — mais lequel des frères s'appelle Caïn ?

Question déloyale, peut-être, et comparaison déloyale. Car Caïn tua Abel pour des raisons personnelles, inadmissibles mais compréhensibles.

Dans ces tueries-ci, il n'y avait rien de personnel. Caïn était devenu un assassin en série, il frappait sauvagement et à l'aveuglette.

Aux temps bibliques, Dieu mit une marque sur Caïn mais ne le tua pas, et Caïn alla vivre au pays de Nod.

Aujourd'hui le psychothérapeute, substitut de Dieu, met sa marque sur Caïn, l'étiquetant sociopathe, psychopathe, schizophrène multiple, cyclothimique, et on envoie Caïn vivre à l'asile.

Et à présent, aujourd'hui, cinq meurtriers potentiels étaient en liberté. Et leur trace sanglante menait au lointain canyon jusqu'au cœur de la ville même. Le cœur se mit à battre et à cogner en se rendant compte de sa propre vulnérabilité.

Des téléphones sonnèrent et des femmes échangèrent des questions d'une voie aiguë. *Avez-vous lu le journal, avez-vous regardé les nouvelles à la télévision, croyez-vous qu'on va découvrir qui ils sont, croyez-vous qu'on va les attraper ?* Des rendez-vous chez le coiffeur furent annulés et des projets de courses à faire précipitamment abandonnés. *Cette pauvre Dorothy Anderson. Vous vous rappelez toutes ces infirmières, à Chicago ? Je ne sors pas de la maison aujourd'hui.*

Ce furent les hommes qui sortirent de la maison, qui firent les courses. Avant de partir travailler, ils s'arrêtèrent dans les quincailleries et achetèrent des verrous, des systèmes d'alarme à poser soi-même.

Et tandis que la journée se faisait plus chaude, les enfants geignaient derrière les portes fermées. *Pourquoi est-ce que je ne peux pas aller dehors, m'man ? Je veux jouer. Tu m'as promis que je pourrais aller à la piscine, tu te rappelles ?*

M'man les enferma. Les enferma à l'intérieur, derrière des portes fermées, barricadées contre tous les visiteurs, même le facteur.

Le soleil de midi était haut dans les cieux, mais Los Angeles restait chez soi, écoutait les dernières nouvelles ; c'est-à-dire pas de nouvelles du tout.

Dans les quartiers généraux de la police, à West Valley, à Van Nuys, Hollywood, au Q. G., les rapports des gars du labo arrivaient. Encore une fois, pas de nouvelles du tout.

L'assassin avait fait attention aux empreintes. Il avait porté des gants. L'appartement Anderson et l'automobile Griswold n'avaient fourni aucun indice, et on n'avait rien découvert à la clinique, bien qu'une équipe fût encore au travail. Jusqu'ici, on n'avait pas la moindre piste, et personne n'avait téléphoné pour proposer spontanément des renseignements.

— Juste les habituels coups de fil de piqués, dit le lieutenant Barringer au docteur Vicente. (Il avala la dernière gorgée de son café et pencha sur la tasse un visage soucieux.) Pourquoi est-ce qu'ils appellent toujours, toubib ? Comment se fait-il que tous les siphonnés de la ville prennent le téléphone dans un moment pareil... aveux bidon, appels à la noix comme quoi il y a des types cachés sous le lit, vieilles fadas qui nous racontent leurs rêves ?

— On touche un nerf, on obtient une réaction, dit Vicente. La réaction à la violence est généralement violente, mais elle prend des formes variées. Les gens tendent à dramatiser leurs sentiments de culpabilité, à exprimer leurs peurs sous forme de fantasmes.

— Gardez votre conférence pour l'université, dit Barringer. (Il secoua la tête, bâilla lourdement.) Je vais dormir un peu.

Le docteur Vicente hésita.

— Il y a quelque chose que je voulais dire, avant que vous alliez faire la pause.

— Allez-y.

— J'ai contacté Sawtelle ce matin. Le Centre des A. C. possède un dossier sur Bruce Raymond.

— Il a été en traitement ?

— Non, pas chez eux. Mais il a été démobilisé pour raisons de santé, et il était indubitablement sous surveillance psychiatrique, avant de quitter l'uniforme. C'est tout ce qu'ils m'ont dit au téléphone, mais ils nous font parvenir une transcription cet après-midi.

— Bien.

— Vous croyez ? (Les yeux du docteur Vicente étaient songeurs.) Je n'ai aucun moyen de savoir ce que cette transcription nous montrera, mais il y a déjà une chose claire. J'ignore ce qui n'allait pas chez Bruce Raymond, mais il n'est pas guéri définitivement, de toute évidence. C'est pourquoi il était entré à la clinique.

— Il n'y a rien de neuf dans ce que vous me racontez.

Le regard du docteur Vicente s'étrécit.

— Mais sachant cela, vous avez quand même permis à Mme Raymond de rentrer chez elle.

— Avec une surveillance de tous les instants.

— Son mari pourrait être dangereux.

— Nous avons déjà pris nos dispositions pour brancher son téléphone sur table d'écoute. S'il essaie de la contacter directement, un homme à nous l'attendra.

— Vous espérez qu'il va surgir, hein ? C'est pour ça que vous avez laissé partir Mme Raymond. Pour l'utiliser comme appât.

— Pas de commentaires.

— Moi, si. Je pense que c'est un sacré risque.

— Elle l'a voulu, non ? Et nous lui fournissons tous les moyens de protection possibles.

— Si vous vouliez réellement la protéger, vous auriez veillé à ce qu'on la retienne ici.

— Foutez-moi la paix, toubib, dit Barringer en se levant. Elle serait mieux dans des conditions de sécurité maximum, c'est sûr. Mais ça fait partie du boulot, voilà tout. Là dehors, il y a trois millions d'autres gens dont le téléphone n'est pas écouté, à la protection directe desquelles personne n'est affecté, qui n'ont pas de sécurité du tout. Il faut qu'on les protège, eux aussi. Et aucun d'eux ne sera en sûreté tant que nous n'aurons pas épinglé le responsable de ces meurtres, quel qu'il soit.

Le docteur Vicente haussa les épaules.

— Vous en parlez comme si vous étiez le seul homme sur l'affaire. Entre la police de Los Angeles et les services du shérif, combien d'hommes travaillent avec nous ? Il doit y en avoir des centaines !

— Et pas la moindre bon dieu de piste qu'aucun d'eux puisse suivre. (Barringer secoua la tête.) Je suis d'accord avec vous, laisser partir cette fille, c'était un sacré risque. Mais si ça peut nous brancher sur Bruce Raymond ou n'importe quel autre suspect, c'est un risque que nous devons prendre.

— Bon. (Le docteur Vicente se dirigea vers la porte en même temps que Barringer.) Prenez un peu de repos.

— D'accord, dit Barringer.

Et c'est ce qu'il fit.

Karen était assise dans son appartement ; l'air conditionné bourdonnait discrètement ; elle fixait alternativement le téléphone et Tom Doyle.

Le téléphone était noir, trapu et silencieux.

Tom Doyle était blanc, grand et silencieux.

Le téléphone était posé sur une tablette. Tom Doyle était posé sur le canapé, mais durant l'heure écoulée il en était venu à apparaître comme un élément d'équipement de l'appartement, tout autant que le téléphone. Rien qu'une autre installation permanente.

Enfin, elle l'avait bien cherché, se dit Karen. Il n'y avait pas lieu de s'irriter de sa présence ni de lui en vouloir. Mais elle ne s'était pas rendu compte que quelqu'un s'attacherait de si près à ses pas. *Il est là pour te protéger, c'est son boulot. Sois raisonnable.*

Plus facile à dire qu'à faire. Doyle lisait un magazine, et Karen le jaugea d'un regard de biais. Long et efflanqué, des cheveux couleur de sable et un visage pâle, semé de taches de rousseur. Sans doute dans les trente-cinq ans. Complet d'été gris, à revers de largeur moyenne. Chemise rayée de gris et bleu, cravate bleu pâle. Des goûts classiques. Il n'avait pas l'air d'un détective.

Karen se reprit et fronça les sourcils. *Quel air un détective est-il censé avoir ?* Elle avait trop regardé la télévision, se dit-elle. Toutes ces émissions où l'ex-jeune premier vieillissant, les traits burinés, joue les cerveaux, et l'ex-pompiste, jeune, souriant de toutes ses dents, joue les gros-bras. Fonçant dans des voitures de sport, escaladant et dévalant les collines de San Francisco, pendant que du rock tonitruant résonne sur la bande sonore.

Doyle ne conduisait pas de voiture de sport, et il n'y avait pas de rock ici, rien que le bourdonnement de l'air conditionné. Mais Doyle était un détective ; à l'instant où ils étaient arrivés, il avait examiné la porte d'entrée pour voir si personne n'avait forcé la serrure. Puis il avait inspecté l'appartement entier, revolver en main, s'assurant que Karen se tenait bien à l'écart tandis qu'il ouvrait et fermait les placards, examinait les fenêtres. La fenêtre de la salle de bains était partiellement levée, et si elle ne lui avait pas appris aussitôt qu'elle l'avait laissée ouverte avant de partir travailler la veille au matin, il aurait sans doute immédiatement appelé Barringer pour qu'on la ramène de force au commissariat. C'était un détective, pas de doute.

Karen s'agita dans son fauteuil, tapota la base du siège de son pied gauche, comme un métronome nerveux.

Doyle leva les yeux.

— Vous n'êtes pas obligée de me tenir compagnie, madame Raymond. Si vous voulez vous étendre un moment...

— Je ne pourrais pas dormir.

Evitant le regard de l'homme, Karen se concentra sur le téléphone. *Bruce, je sais que tu es là dehors, quelque part. Pour l'amour de Dieu, pourquoi est-ce que tu n'appelles pas ?*

— Ne vous bilez pas, dit Doyle d'une voix douce, je ne toucherai pas au téléphone. S'il sonne pendant que vous dormez, je vous réveillerai et je vous laisserai répondre.

Oui, c'était bien un détective. Ou bien les réactions de Karen étaient-elles si lisibles ?

Elle se leva, eut un sourire forcé.

— Merci. Je vais peut-être m'étendre quelques minutes.

Elle se diriga vers l'entrée de la chambre.

— Madame Raymond.

— Oui ?

— Vaut mieux ne pas fermer votre porte.

Karen passa dans la chambre. *Ne fermez pas votre porte. Parfait. Et si elle voulait aller à la salle de bains ?*

Ce fut justement ce qu'elle fit ; elle traversa la chambre et laissa la porte de la salle de bains béante. Au moins, il ne pouvait la voir du salon, à moins qu'il la suive. C'était pire que d'être en prison. Elle comprenait à présent ce que Bruce avait dû éprouver à la clinique, en observation. Quelqu'un qui vous surveillait tout le temps. *Bruce, où es-tu ? Je sais que tu es venu ici.*

Elle le savait parce qu'elle avait menti à propos de la fenêtre de la salle de bains. Quand elle était partie travailler la veille, la fenêtre était fermée et le loquet mis.

Elle gagna l'ouverture, silencieusement et prudemment, l'oreille tendue pour saisir tout bruit qui indiquerait que Doyle s'était dressé. Avec précaution, très lentement et posément, elle abaissa la fenêtre, découvrit le loquet et les rayures de métal brillant, révélatrices, les sillons parallèles qui déparaient la surface peinte. Le loquet avait été forcé de l'extérieur.

Karen avait eu la certitude que Bruce était venu à la maison à l'instant où elle avait vu la fenêtre partiellement ouverte ; elle ne quittait jamais l'appartement sans s'assurer que tout était fermé. Et si elle n'avait pas eu la présence d'esprit de raconter à Doyle qu'elle avait ouvert la fenêtre, si elle n'avait pas été assez vive pour le devancer, il aurait agi comme elle le faisait maintenant et il aurait eu confirmation.

Karen aspira profondément. *Confirmation de quoi ? Du fait que Bruce s'était trouvé ici ?*

C'était la première pensée qui lui était venue. C'est pourquoi elle avait menti à Doyle.

Mais à présent, en contemplant le loquet forcé, elle devait s'avouer qu'elle n'était pas certaine. Après tout, Bruce possédait sa propre clé de l'appartement. A moins, bien sûr, qu'elle n'eût pas été en sa possession quand il était parti de la clinique. Griswold pouvait avoir pris toutes les affaires personnelles de Bruce pour les garder en lieu sûr, et Bruce n'avait peut-être pas eu la possibilité de retrouver sa clé.

Même ainsi, aurait-il pris le risque d'entrer de cette façon ?

Le meurtrier de Dorothy Anderson a pénétré par la fenêtre de la salle de bains...

Peut-être n'était-ce pas Bruce qui avait forcé ce loquet. Et si c'était l'assassin ?

Karen se détourna, se dirigea vers la chambre. Il valait mieux parler à Doyle.

Etait-ce bien certain ? Sa marche se ralentit et elle s'immobilisa devant la glace de la salle de bains.

Elle ne pouvait pas en parler à Doyle ; ce serait avouer quelle avait délibérément menti, et dès qu'il le saurait, il l'embarquerait à l'instant pour la ramener au quartier général, et elle resterait assise derrière des barreaux, sans savoir ce qui se passait, sans la moindre chance d'avoir des nouvelles de Bruce, sans la moindre chance qu'il puisse parvenir jusqu'à elle.

Mais : et s'il parvenait jusqu'à elle ?

Et *si* c'était bien Bruce, somme toute, qui avait essayé de parvenir jusqu'à elle, qui essayait de parvenir jusqu'à elle et de la tuer ?

Bruce ne ferait pas une chose pareille.

Non ?

Karen rencontra dans le miroir son propre regard, fixe et agrandi.

Non ?

C'était la vraie question, la question qu'elle avait tenté d'éviter depuis le début. Mais elle devait y faire face à présent, tout comme elle devait se faire face à elle-même dans la glace luisante.

Sachant ce qui s'était passé, sachant ce qu'elle savait de Bruce... pensait-elle qu'il était coupable ?

Lentement, Karen revint sur ses pas vers la fenêtre et l'ouvrit ; elle la replaça dans sa position initiale. Cette question-là était réglée ; Doyle ne se rendrait pas compte de ce qui s'était passé. Mais cela ne répondait toujours pas à la vraie question.

Bruce *était-il* coupable ?

Elle ne savait pas.

Et maintenant, en contemplant la cour vide par la fenêtre ouverte, elle appréhendait le moment où elle saurait.

10

Pas de nouvelles, bonnes nouvelles — mais pas pour les journalistes.

Les Services de Police de Los Angeles n'avaient pas de déclaration officielle à faire, cet après-midi-là, non plus que les services du shérif. Le lieutenant Barringer n'était pas disponible pour commenter les événements — il s'était fourré dans un trou pour prendre le repos dont il avait rudement besoin — et le capitaine Runsvick, porte-parole de la brigade criminelle, n'avait à offrir que des conseils.

— Mettez-y une sourdine, dit-il. Bien sûr, nous recevons un tas d'appels et nous allons les vérifier. Dès que nous aurons quelque chose, on vous le donnera. Mais jusque-là, ce serait idiot de répandre des bruits.

A quelques blocs de distance, la presse n'était pas en meilleure posture, à l'Agence Sutherland. Ed Haskane était tout à fait disposé à parler, mais il n'avait rien à dire. Oui, il était le patron de Karen, mais il n'avait jamais vu son mari. Non, elle n'avait jamais parlé de lui, sauf quand il avait été démobilisé ; à ce moment-là, elle était très excitée parce qu'il rentrait. Ensuite, il avait simplement tenu pour acquis que tout allait bien. Il avait reçu un choc en apprenant que Bruce Raymond était en clinique. Comment était Mme Raymond ? Une fille très brillante, elle faisait de bons textes. Toutes choses qui pouvaient bien être vraies, mais qui n'offraient pas matière à un bon texte.

Au milieu de l'après-midi, Tom Doyle ferma la porte au nez des candidats à une interview, à l'appartement de Karen. Ils durent se rabattre sur des voisins, mais aucun de ceux-ci n'avait grand-chose à raconter. Quelques-unes seulement des femmes réunies près de la pisicine à papoter se rappelaient avoir vu Bruce Raymond, et personne ne lui avait effectivement parlé durant son bref séjour, plus de six mois auparavant. Apparemment, on considérait que Karen faisait bande à part ; elle n'avait pas d'amies ici et ne descendait jamais causer à la piscine. Quand Bruce cessa de se montrer, la plupart des autres locataires ne remarquèrent même pas son absence. Ceux, peu nombreux, qui l'avaient notée, avaient simplement supposé qu'il y avait eu séparation ou divorce.

Tard dans l'après-midi, une équipe mobile de télévision s'abattit sur la clinique Griswold. Elle était déjà venue le matin, le temps de constater que les lieux étaient interdits à la circulation, et la situation présente était inchangée. Des voitures de police gardaient les entrées et le sergent Cole supervisait à l'intérieur l'activité d'un groupe d'enquêteurs. Si on avait fait des découvertes, on n'était pas prêt à l'annoncer. Les opérateurs avaient déjà tourné du métrage extérieur à leur premier passage, et ça ne servait pas à grand-chose de filmer davantage. Ils firent quelques plans de prototypes chevelus de la population locale, attroupés sur la route, mais comme les observations de ces amateurs de curiosité se limitaient principalement à des apartés grommelés à propos des cochons de flics, de la poulaille et autres commentaires en cinq lettres, la visite se révéla perte de temps et de pellicule.

C'était déjà le crépuscule quand l'équipe mobile interrompit son rapide retour vers le centre de la ville pour s'arrêter aux *Avions-Taxis Raymond*. Elle fit encore chou-blanc ; des voitures de patrouille étaient en position devant l'entrée, et un policier en uniforme refusa poliment aux journalistes la permission de passer. Il y eut quelques discussions, dans le camion, sur l'opportunité de rester dans le secteur jusqu'au départ de la police, mais l'heure s'avançait et nul ne peut retarder les informations de vingt-deux heures ; on ne pourrait jamais faire passer le reportage à temps sur l'antenne.

A l'intérieur du bureau, Rita Raymond jeta par hasard un coup d'œil par la fenêtre au moment même où l'équipe mobile s'en allait. Elle ne dit rien ; elle s'efforçait d'en dire le moins possible.

Mais ce n'était pas facile d'éluder les questions du sergent Galpert. Le sergent ne lui plaisait pas ; il avait les façons obstinées d'un terrier qui taquine un os.

— Vous affirmez positivement que votre frère n'a pas tenté de prendre contact avec vous ?

— Il est possible qu'il ait essayé. Tout ce que je sais, c'est qu'il n'y est pas arrivé.

Galpert fronça les sourcils.

— Vous voulez dire qu'il pourrait être venu ici ?

— Je ne l'ai pas vu. (Rita alluma une cigarette en jetant un nouveau regard par la fenêtre.) Et vos hommes non plus, apparemment. (Rita respira, et le ventilateur derrière elle ronfla, tissa une rosace arachnéenne de fumée.) Dites-moi, sergent, est-ce que ce n'est pas la règle d'apporter un mandat de perquisition, quand vous organisez une opération de ce genre ?

Galpert eut l'air de s'apprêter à gronder parce qu'elle essayait de lui prendre son os.

— Vous nous avez autorisés de votre propre gré à pénétrer dans les lieux. Evidemment, si vous désirez soulever des objections juridiques...

— Je ne désire rien soulever du tout. (Rita se reprit ; toute démonstration d'antagonisme ne ferait que provoquer des aboiements et des coups de dent.) Croyez-moi, je suis aussi impatiente que vous de retrouver Bruce. Mais je vous l'ai dit, il ne m'a pas contactée.

— Quand avez-vous vu votre frère pour la dernière fois ?

— Il était en clinique depuis l'hiver dernier, vous le savez.

Galpert hocha vivement la tête.

— Et vous lui rendiez visite là-bas.

— Qui vous a dit ça ?

— Votre belle-sœur.

Rita se retint de froncer les sourcils. Bien sûr, Karen avait fait état des visites, elle aurait dû s'attendre à ce qu'il soit au courant. Pas moyen de se taire sur la question, à présent.

— Quand avez-vous vu votre frère pour la dernière fois ? répéta Galpert.

— Jeudi, dans l'après-midi. Je n'y allais jamais les week-ends, c'est à ce moment-là que nous avons du travail, ici.

— L'après-midi de jeudi dernier. (Galpert se pencha en avant ; le terrier avait maintenant une bonne prise sur son os et il ne le lâchait pas.) Qu'est-ce qui s'est passé ?

— Rien, répondit Rita, en écrasant sa cigarette. C'était une belle journée. Nous avons fait une promenade dehors, dans le parc.

— Rien que vous deux ? Pas de surveillant ?

— Ce n'était pas nécessaire. Il allait parfaitement bien depuis des mois...

— Et avant ?

Rita hésita.

— J'allais le voir à l'intérieur, dans sa chambre. (Elle secoua la tête.) Ecoutez, si vous essayez de me faire dire qu'il avait eu des troubles...

— Il en avait eu ?

— Bien sûr qu'il en avait eu, au début. C'est pour ça qu'il était là-bas, d'abord. Mais il n'a jamais été violent ou irrationnel comme certains autres, même pas au début.

Galpert n'était pas satisfait de son os ; il voulait la moelle en plus.

— Les autres malades... vous les avez vus ?

— Non, jamais. Le docteur Griswold avait pour principe que l'on doit respecter le droit d'un malade à l'intimité.

— Alors comment savez-vous que les autres étaient violents et irrationnels ?

— Bruce me l'a dit. Pas tous, mais quelques-uns.

— Qui, par exemple ?

Le front de Rita se rida.

— J'essaie de me souvenir s'il a jamais parlé de quelqu'un en l'appelant par son nom.

— Réfléchissez.

— Eh bien, il y en avait un dont il m'a parlé, il y a plusieurs mois. Il venait d'arriver pour se mettre au régime sec.

— Alcoolique ?

— Oui. La raison pour laquelle Bruce m'en a parlé,

c'est la façon dont il faisait marcher ses affaires. Il était dans l'immobilier.

— Ici en ville ?

— Quelque part dans la région de Los Angeles. Culver City, ce secteur-là.

— Son nom ?

— Il me l'a dit, oui, mais je n'arrive pas à me rappeler...

— Que vous a-t-il dit à son propos ?

— Qu'il avait imaginé un nouveau système pour rafler des propriétés à bas prix. Mais ça ne vous intéresse pas d'entendre parler d'affaires immobilières...

— Continuez.

— Eh bien, supposez que vous ayez une maison à vendre et que vous alliez le trouver et lui dire combien vous en voulez. Il vous promet que les choses vont bouger rondement si vous lui donnez l'exclusivité de l'affaire ; et pour bouger, ça bouge. Le lendemain ou à peu près, il amène un couple, des gens sympathiques, d'âge moyen, avec une voiture neuve, manifestement respectables et dignes de confiance. Ils parcourent votre maison et la femme vous dit à quel point elle lui plaît... C'est exactement le site qu'ils cherchaient, en plus. Mais l'homme proteste. Si vous n'avez pas de piscine, il veut une maison avec piscine. Si vous avez une piscine, il n'en veut pas. Le garage n'est pas assez grand, ou bien il lui faut des tuyaux de plomberie en cuivre, quelque chose de ce genre. Et quand il a fini d'énumérer ses objections, il propose un prix très en-dessous de ce que vous demandez, un chiffre ridicule.

« Donc, vous dites non, et ils s'en vont, mais l'agent immobilier vous conseille de ne pas vous en faire, il y a des tas d'autres possibilités.

« Et en effet, quelques jours plus tard, il vous amène un autre couple. Ils ont une voiture d'un modèle plus vieux et l'air un tantinet miteux, mais ni l'un ni l'autre ne se plaint. Et l'homme vous dit que c'est exactement le genre de maison dont ils ont envie, seulement il y a un petit problème de financement... Il a perdu son boulot dans l'industrie aérospatiale et pour enlever l'affaire, il faudrait lui donner une deuxième hypothèque à faible intérêt.

« Quand ils sont partis, l'agent immobilier vous rassure encore, vous dit d'être patient. Et au bout d'une semaine ou deux, il arrive avec un autre couple. Des Mexicains, ou peut-être des Noirs, avec plusieurs jeunes enfants. Et vous êtes refroidi, pas à cause de la question raciale, mais parce qu'il finit par apparaître qu'ils ne désirent pas vraiment acheter, seulement louer au mois.

« Bon, à ce moment-là, vous commencez à être un peu découragé, et l'agent vous donne un autre tour de vis. Il vous avoue que le marché est un peu mou, en ce moment précis, il faut drôlement se battre, mais il y a des maisons qui se vendent et il sait qu'il peut avoir un acheteur à l'estomac, si des fois vous pouviez raboter votre prix pour aboutir à un chiffre plus réaliste. Sur ce point, peut-être que vous discutez ferme, mais après tout il a toujours une exclusivité de quatre-vingt-dix jours sur l'affaire, et il s'est écoulé la moitié de ce temps-là, donc il faut bien que vous vous teniez tranquille et que vous attendiez qu'il vous déniche d'autres possibilités.

« Sur ce, il vous laisse transpirer encore quelques semaines. Si vous lui téléphonez, il vous dit de vous calmer un peu, il fait de son mieux. Et finalement, il arrive encore avec un autre couple. Un jeune couple en minicar, cheveux longs, le tableau complet. Et ils vous disent que votre piaule, c'est le superpied, mec, seulement ils n'ont pas le blé, et qu'est-ce que vous diriez d'un arrangement, ils s'installeraient et garderaient la baraque jusqu'à ce que vous trouviez un acheteur ?

« Après qu'ils sont partis se faire fiche, vous vous asseyez et vous attendez. Vous attendez encore et encore. Et quand vous appelez l'agence immobilière, votre type n'est jamais là et il ne vous rappelle pas. Jusqu'au jour où il s'amène avec le genre cadre supérieur élégant et sa femme et ils examinent la maison d'un bout à l'autre. Ils l'examinent, c'est tout, sans commentaires. Finalement, l'homme vous demande le prix et vous le lui dites, peut-être même en rabattant un peu. Il ne dit pas un mot, il regarde seulement sa femme. Et puis ils se détournent et ils sortent.

« Après ça, vous attendez encore. Il se passe peut-être un mois de plus, sans même un mot. Jusqu'à ce que finalement vous receviez un coup de téléphone du mari du premier couple, les gens sympathiques à la voiture neuve. Lui et sa femme ont songé à votre maison, et si elle est encore à vendre, il est toujours prêt à vous en offrir le prix qu'il avait proposé, cash.

« Si vous avez vraiment besoin de vendre votre maison, il y a de grandes chances pour que vous disiez oui, cette fois. Et bien entendu, l'agent immobilier les amène une nouvelle fois, on rédige les papiers, l'affaire passe à l'enregistrement, et votre maison est vendue pour ce prix ridiculement bas.

« Ce que vous ne saurez jamais, c'est que vous avez vendu votre maison à l'agent immobilier. Parce que le couple sympathique, c'étaient deux de ses employés. Et les autres, le couple miteux, le couple noir, les jeunes mômes, le cadre supérieur, c'étaient des acteurs.

— Des acteurs ?

— C'est ça. Des acteurs professionnels, payés au cachet, pour jouer les rôles de clients éventuels. Toute la chose était une mise en scène pour acheter des biens en les payant une fraction de leur prix sur le marché, de telle sorte qu'il puisse les revendre pour son compte et faire un bon gros bénéfice. (Rita secoua la tête.) Qu'est-ce que vous en dites ? Pas étonnant s'il est devenu riche.

— Qui ?

— Lynch.

Galpert lui jeta un vif regard :

— C'est son nom. Vous êtes sûre ?

Rita secoua la tête.

— Non, pas Lynch. C'est... Lorch. Son nom est Jack Lorch.

Galpert lui adressa un sourire. Puis il prit son os et sortit.

Debout sur le pas de la porte, Rita regarda sa voiture s'éloigner. Au bout d'un moment, elle se détourna et rentra dans le bureau.

Très doucement, très prudemment, Bruce Raymond émergea de sa cachette dans le cockpit d'un avion immobilisé près du hangar.

Puis il s'enfonça dans la nuit.

11

Jack Lorch marchait dans la rue. Il marchait lentement, parce qu'il avait mal aux pieds et parce qu'il n'était pas prudent de courir.

Il lui semblait qu'il marchait depuis toujours. Difficile de se rendre compte que moins de vingt-quatre heures avaient passé depuis...

Mais il ne voulait pas penser à *ça*.

Il ne voulait pas penser au départ de la clinique, ni au trajet jusqu'à la ville dans la voiture de Griswold, ni à ce qui s'était passé après que cette voiture s'était garée dans l'ombre de la rue sans issue de Sherman Oaks.

Sans issue. Il ne voulait pas non plus penser à *ça*.

L'important, c'était de se rappeler qu'il avait abandonné les lieux... d'abord en courant, puis d'un pas plus lent une fois qu'il s'était rendu compte qu'il était libre.

Libre ?

Lorch fit la grimace. Quelle liberté y a-t-il pour un

fugitif que la justice recherche ? Que l'injustice recherche, en fait. Les bon Dieu de forces de police tout entières étaient après lui, maintenant. A leurs yeux — ces yeux officiels et glacés — il était fou évadé et suspect de meurtre.

Lorch s'immobilisa sous un lampadaire de Washington Boulevard et contempla la vitrine d'une quincaillerie. Il examina soigneusement son reflet, se demandant ce que la police verrait si elle le repérait.

Homme d'âge moyen en complet de tissu croisé bleu foncé. D'assez bonne qualité, car il n'avait pas trop pris de faux-plis la nuit dernière, pendant que l'homme dormait caché dans les buissons, sur le remblai de l'autoroute.

Son visage était bouffi et gonflé, et il avait besoin de se raser, mais ce n'était pas en soi un crime, pas encore. Des tas d'hommes d'âge moyen se baladent qui ont besoin de se raser. Et le complet avait l'air respectable, même s'il ne portait pas de cravate.

L'ennui, c'est que si on l'arrêtait, il n'avait pas de papiers. « Montrez-moi votre permis de conduire. » C'était toujours la première chose qu'ils disaient. Et quand on ne pouvait pas en produire un, on était coincé. Que pouvait-on dire au juge ? *Votre Honneur, je plaide non coupable en excipant de ma qualité de piéton.*

Bon, d'accord, il dramatisait trop. Ils se contenteraient de cartes de crédit, de votre numéro de Sécurité Sociale. Mais il n'avait aucune carte sur lui. Non que son crédit ne fût pas bon ; bon Dieu, il était toujours propriétaire de la société, l'argent continuait à rentrer, même à la clinique il recevait des rapports réguliers de son comptable. Blix était un type futé, il gardait l'œil fixé sur les affaires.

Mais Blix était probablement un type un peu trop futé. Si Lorch s'était laissé aller à sa première impulsion et était allé trouver Blix pour qu'il l'aide, le salopard n'aurait été que trop heureux de le jeter aux chiens. Dieu merci, il avait eu assez de bon sens pour s'en rendre compte et se tenir au large.

Il n'avait donc pas essayé de contacter Blix. Il avait passé la journée à marcher, s'arrêtant pour se reposer dans les petits squares, sur son chemin.

Il ignorait jusqu'alors que ça faisait si loin, de la Vallée à Culver City, surtout quand il faut grimper toutes les côtes à pied. Pas étonnant qu'il n'y ait plus guère de piétons. Le soleil, ça vous déshydrate un homme, et quand on en arrive au moment où on entame la descente vers la ville, on est fatigué et on a faim, et on a la gorge sèche et poussiérée.

C'était ce qui le faisait continuer, sa gorge. Lorch se détourna de la vitrine et reprit sa progression dans la rue.

Il n'y avait pas beaucoup de circulation, pour un début de soirée. Peut-être que tout le monde avait décidé de rester chez soi ce soir, à cause de ce qui s'était passé. Eh bien, ils n'avaient pas tort. Mais rien de ce qu'ils pouvaient avoir entendu ou lu n'arriverait jamais à la cheville de la réalité. L'air qu'avait eu cette infirmière quand le cordon s'était resserré autour de sa gorge, la façon dont Griswold avait crié comme une femme, *l'odeur* quand le courant était passé à pleine puissance...

Mais il ne fallait pas penser à ça maintenant. Il fallait continuer à marcher. Seulement quelques blocs de plus. Ses pieds le brûlaient, sa gorge le brûlait, mais il marchait.

Rien que des immeubles d'affaires par ici, pas de résidences, et c'était une bonne chose. Les gens qui auraient pu le reconnaître étaient partis, à cette heure, les magasins fermés pour la nuit. Lorch traversa la rue ; encore un pâté de maisons et il serait peinard chez lui. En ce qui le concernait, le bureau immobilier était son chez-soi. Il ne pouvait envisager de se rendre à la maison ; on serait là-bas à guetter, sûrement. Mais à cette heure-ci, il n'y avait probablement pas de risques à aller au bureau. Il fallait l'espérer, parce qu'il ne pouvait guère aller plus loin.

Il y aurait un peu d'argent liquide au bureau ; il y conservait un rasoir électrique et de quoi se changer. Peut-être même une autre paire de chaussures, mais il ne se le rappelait pas avec certitude. En tout cas, une fois qu'il aurait de nouveau de l'argent en poche, il pourrait faire quelques projets.

Les projets, c'était son fort. Depuis toujours. Quand vous êtes môme à l'orphelinat, vous apprenez à vous débrouiller. Et quand vous en sortez, vous savez comment vous défendre tout seul dans la vie. Vous avez appris à la dure que vous n'avez pas besoin de parents, alors pourquoi se soucier d'amis ? La route avait été longue qu'il avait parcourue de l'orphelinat à l'Agence Lorch, et il avait fait le voyage tout seul. C'était son habileté à calculer des projets à l'avance qui lui avait permis de couper au service militaire, de s'en tirer face au fisc et à la Chambre des Agents Immobiliers et à tous les autres plaisantins qui avaient tenté de l'arrêter. *Parler pour vendre*, c'était ça, le grand secret. Si vous dites aux jobards ce qu'ils ont envie d'entendre, vous pouvez leur vendre ce qu'ils n'ont pas envie d'acheter. Et c'est pourquoi il avait abouti à sa propre société, la Cadillac neuve chaque année, les chemises à monogramme, les coupes de cheveux à quarante dollars, tout. Quelque part sur le parcours, il avait rencontré ce petit problème de boisson, mais celui-là aussi, il l'avait résolu. Personne ne l'avait envoyé à la clinique, c'était un coup qu'il avait imaginé lui-même. Et ça avait marché. Les projets bien conçus marchent toujours.

Lorch s'engagea dans la rue en direction de son bureau, au bout du pâté de maisons. A mi-chemin, il passa devant les lumières du magasin de spiritueux.

Bizarre, il n'était pas là il y a deux mois et quelque. C'était Schermerhorn le propriétaire, non ? Une boutique de cycles, dans le temps, mais elle était libre depuis un bon moment. Il avait essayé d'obtenir que le vieux Schermerhorn lui confie l'affaire, mais le sale radin avait refusé — trop bon marché pour payer une commission. Ainsi donc, il s'était arrangé pour la louer lui-même. *Caves Mortlake*, ça s'appelait, en néon rouge qui balafrait la devanture.

Lorch s'immobilisa et jeta un regard au-delà des présentoirs en carton de la vitrine : il scruta l'intérieur brillamment éclairé. Il contempla des casiers latéraux chargés de demi-pintes, des comptoirs encombrés de litres, des étagères murales emplies de bouteilles, des armées de magnums, des pyramides de pintes.

Le reflet scintillant de la lumière bondissait de dix mille bouteilles. Le rhum rayonnait, le gin étincelait, la clarté cristalline de la vodka se vivifiait. Toutes les couleurs de l'arc-en-ciel assaillaient les yeux de Lorch, et il eut encore conscience de la brûlure de sa gorge.

C'est ce qui arrive au bout de vingt-quatre heures sans manger. Vingt-quatre heures sans manger et deux mois et demi sans boire.

Lorch apercevait le propriétaire assis derrière le comptoir à côté de la caisse. Un petit vieillard à chemise blanche à manches courtes qui pendait sur son ventre rondouillard. Pas besoin d'y regarder à deux fois pour savoir qu'il traînait les pieds en marchant. Et il n'aurait même pas le temps de se mettre debout si Lorch se glissait par la porte, empoignait une bouteille sur le présentoir le plus proche et filait dehors. Ce serait facile.

A moins, bien sûr, que le vieux ait un revolver sous

le comptoir. Ou que quelqu'un se pointe par hasard au moment où il ressortait. De toute façon, le vieux déclencherait un signal d'alarme, et il devrait prendre ses jambes à son cou.

Non, ça n'allait pas. Il n'avait pas subi deux mois et demi de purgatoire et puis l'enfer de la nuit dernière pour se mettre à fuir. Alors qu'il était si près de la sécurité.

Quelques portes plus loin, se trouvait le bureau de l'agence, et c'était là que l'attendait la solution. La solution de son petit problème de boisson se trouvait dans le grand meuble aux alcools installé derrière sa table de travail. *Petit problème. Grand meuble.* Griswold disait que le whisky le tuerait, mais Griswold était idiot.

Lorch se détourna, pressa le pas. *Pas trop vite, allons. Cesser de se maîtriser, perdre comme ça les pédales. Parce que ta gorge te brûle. Il faut encore que tu fasses des projets.*

Il parvint à la hauteur du pavillon de bois qui s'élevait en retrait de la rue et tourna dans l'allée. Inutile de gagner la porte d'entrée ; les lumières étaient éteintes : c'était fermé pour la nuit et il ne pouvait pas défoncer la serrure. Pas en pleine vue de la rue.

Lorch jeta un regard circulaire. Personne. Il longea le flanc du pavillon, dépassa la pancarte de bois sur la pelouse et s'enfonça dans l'ombre. Il déboucha dans un passage désert. Il y avait une entrée de derrière, mais Lorch ne prit pas la peine de l'essayer ; cette porte-là aussi devait être fermée. Sa meilleure chance, c'était la fenêtre.

La fenêtre se trouvait de l'autre côté, passé l'angle du bâtiment. Il s'avança lentement jusqu'à elle, toujours conscient de la sécheresse de sa gorge. Les stores étaient levés et il put plonger son regard dans l'obscurité de son bureau personnel. Il distingua sa table de travail, mais pas le meuble aux alcools ; il était dans l'ombre. Il savait qu'il était là, cependant, et seule une vitrine mince lui barrait le chemin. Pas difficile de trouver une pierre dans le passage...

Non. Faut faire des projets bien conçus. Lorch secoua la tête, prit une profonde inspiration. C'était trop bruyant de briser une vitre. S'il pouvait trouver un truc qui fasse office de levier pour ouvrir la fenêtre...

Lorch tendit ses paumes moites pour évaluer la résistance du cadre. Ses mains tremblaient, à présent ; il savait qu'il allait falloir faire vite. Ses doigts glissèrent sur du bois. La fenêtre se soulevait.

Elle se soulevait ! Elle n'était pas fermée !

Au diable Blix et son efficacité. Un type adroit, et trop idiot pour penser à fermer la fenêtre ! Attendez qu'il le voie, il allait en faire de la purée...

Seulement, il n'allait pas voir Blix. Tout était là. N'aller voir personne. Prendre l'argent et filer, en marchant, pas en courant.

La fenêtre glissa et se souleva.

Jack Lorch saisit l'appui et se hissa sur le rebord. La transpiration emperlait son front : rosaire de l'effort. Il resta un instant assis, haletant ; ses yeux explorèrent le passage, il tendit l'oreille. L'obscurité et le silence le rassurèrent, et sa respiration redevint progressivement normale. Mais sa gorge était sèche. Si sèche...

Par-dessus le rebord, l'intérieur du bureau. Sa table de travail se dessinait vaguement dans l'ombre. Il y avait une lampe de bureau, mais Lorch ne l'alluma pas. Trop risqué, et il n'avait pas besoin de lumière. Il connaissait chaque mètre, chaque centimètre de la pièce. Il pouvait s'y retourner à l'aveuglette ; le meuble aux alcools était situé exactement à cinq pas sur la gauche, contre le mur derrière la table. Tous ces kilomètres, et maintenant cinq petits pas seulement.

Lorch avança à tâtons en longeant la table. L'argent devait être dans le tiroir supérieur de droite. De la monnaie en vrac et quelques petites coupures pour les besoins courants, sur le dessus. Une caisse métallique pour les chèques et les gros billets. Fermée à clé, bien sûr, mais la clé était toujours ici, sous le buvard de la table. Il pouvait la saisir maintenant, ouvrir la caisse — la combinaison était à gauche quarante, à droite cinquante-sept, à gauche vingt — et mettre l'argent dans sa poche. Mais ça pouvait attendre une minute de plus. Ce n'était pas sa poche qui le brûlait.

Chaque chose en son temps. D'abord un verre, puis

l'argent, puis des projets bien conçus. Et peut-être encore un verre avant de concevoir. C'est de cette façon qu'il avait toujours travaillé, s'asseyant à la table et se détendant en buvant un bon petit coup devant soi pendant qu'il mettait en forme la suite des événements. Et c'était de cette façon qu'il allait procéder maintenant. Un verre, deux verres au plus, mais pas davantage. Pas avec l'estomac vide. Et il n'allait pas retomber dans la vieille habitude ; il avait réglé son compte à l'alcoolisme, il avait payé ses dettes. Mais ce premier verre, il en avait besoin. Maintenant. Au diable Griswold et son baratin sur le stade érotique-oral, ces calembredaines sur l'envie du sein dans la petite enfance. Une fois que l'argent serait dans sa poche, il pourrait avoir tous les seins du monde. Des hectares de nénés, tout ce qu'il voudrait, après qu'il aurait pris un verre.

Lorch pénétra dans l'ombre plus dense du coin de la pièce. Il se déplaçait plus vite qu'il ne croyait ; quatre pas seulement et il se cogna le front contre le coin du meuble aux alcools encastré. Le choc ne fut pas très fort, mais la douleur fut tout juste suffisante pour le dégriser.

Dégrisé. Drôle de mot. Drôle de sensation. La sensation qu'il éprouvait maintenant, en ouvrant la porte du meuble aux alcools. Parce qu'il se rendait compte que jusqu'ici, il était ivre. Au régime sec pendant deux mois et demi, mais saoul comme un pape. *L'ivresse est un état d'esprit.*

Bien sûr. Comment n'y avait-il pas pensé plus tôt ? L'alcoolisme ne vient pas des bouteilles, il vient du désir. Quelques centilitres endorment la douleur causée par la réalité, mais — Bon Dieu, le vieux Griswold disait vrai ! — la douleur est subjective. C'est comme tout ce caca qui lui était passé par la tête à propos de la boutique d'alcool. Un alcoolique est ivre avant même d'avoir commencé à boire. Il organise son propre monde délirant, ses pensées titubent bien avant ses jambes.

Lorch tendit le bras et ouvrit la porte du meuble aux alcools, essayant de distinguer son contenu.

C'était là, trois étagères profondes où se pressaient les bouteilles. Gin, vodka, vermouth, bitter en bas ; whisky irlandais, canadien, scotch au milieu ; étagère du haut, du bon et brave Bourbon. Certaines bouteilles étaient en partie vides, recapsulées et rebouchées, et il percevait l'odeur de leur contenu. L'âpre senteur pénétra ses narines et se rua dans sa gorge. Lorch s'aperçut que sa main se tendait automatiquement vers l'étagère du haut, la sentit hésiter et se retirer tandis qu'il se rendait compte que sa gorge ne le brûlait plus.

Bizarre. Toute sécheresse avait disparu, et il avait conscience d'une autre réaction. Une réaction viscérale. Il avait faim. Pas soif. Il n'avait pas besoin d'un verre. Oh, il en avait certes envie, inutile d'essayer de se raconter des histoires à ce sujet, mais il n'en avait pas *besoin*. Ce dont il avait besoin, c'était de manger.

Un bon repas solide. Et ensuite, il savait quoi faire.

Un projet bien conçu n'était pas nécessaire. A présent qu'il était dégrisé, réellement dégrisé, il savait que ça n'avait jamais été nécessaire. Se poivrer et essayer d'imaginer un système bien tortillé pour s'enfuir encore, ça, c'était l'idée de l'ivrogne. Mais ça ne marcherait pas, ça ne pouvait pas marcher. Où pouvait-il fuir et combien de temps avant qu'on ne le rattrape ? Tôt ou tard, on découvrirait qu'il avait été mêlé à la chose ; Blix le leur dirait probablement après le coup de ce soir, il jouerait les héros.

La chose à faire, c'était donc d'enlever ses cartes à Blix et d'appeler la police lui-même. Leur dire exactement ce qui s'était passé, tout étaler, donner les noms des autres, coopérer. Bien sûr, il devrait éclaircir le rôle qu'il avait joué là-dedans, et ça ferait beaucoup de publicité. Mais ça pouvait être de la bonne publicité ; bonne pour lui, bonne pour les affaires. C'était simple comme tout se mettait en place une fois qu'on arrêtait de raisonner comme un ivrogne.

Debout dans le noir, Lorch entreprit de fermer la porte du meuble. Ce faisant, il remarqua qu'il y avait un espace vide en plein milieu de l'étagère du haut. Une des bouteilles de Bourbon manquait. Blix ne buvait pas ; qui pouvait l'avoir prise ?

La réponse sortit des ténèbres derrière lui. Jack Lorch se retourna à temps pour distinguer le mouvement flou de la bouteille qui s'abattait pour lui fracasser le crâne.

Puis il tomba, le meuble bascula en avant, du verre éclata sur le sol et dans sa chair. Dans le noir, le sang et le Bourbon se mêlèrent et la pensée de Lorch — sa dernière pensée — fut que Griswold avait raison. C'était l'alcool qui le tuait, en fin de compte.

12

Le garde du corps pour la nuit se nommait Lubeck. Il arriva à l'appartement de Karen peu avant vingt-deux heures et eut une petite conversation privée avec Doyle, dans le couloir.

Puis Doyle partit et Lubeck prit la relève. Il était plus vieux de quelques années que son prédécesseur et plus lourd d'une bonne dizaine de kilos, mais sa taille et sa masse mêmes paraissaient rassurantes. Comme Doyle, il fit sa ronde, examina les placards, les portes et les fenêtres.

— Vous comptez faire marcher l'air conditionné toute la nuit ? demanda-t-il. Bien. Comme ça vous n'ouvrirez pas les fenêtres.

Lubeck retourna dans le salon et fixa la chaîne de sécurité à la porte. Karen le regardait de la chambre.

— Vous permettez que je me serve du téléphone ? dit-il. Je voudrais prévenir que je suis là.

— Allez-y.

Karen resta à la porte de sa chambre pendant que Lubeck formait le numéro. Elle se sentait gênée de regagner le salon alors qu'il téléphonait, mais peut-être pourrait-elle saisir la conversation d'où elle se trouvait.

Les choses ne tournèrent pas ainsi. Lubeck parlait très doucement, et l'air conditionné noyait ses paroles.

Karen secoua la tête. Pourquoi se comportait-elle de cette façon — peur d'entrer dans son propre salon ? Elle n'était pas prisonnière.

Non ?

Un homme en armure est l'esclave de son armure. C'est Robert Browning qui a dit ça, dans « Héraclès ». Pourquoi la citation lui était restée en mémoire après tant d'années, Karen n'en savait rien, mais elle se rendit soudain compte que c'était vrai. Nous sommes tous cuirassés, et tous réduits en esclavage. Le simple fait de la présence de Lubeck faisait d'elle une prisonnière, la prisonnière de son propre besoin de protection. Et Lubeck, cuirassé de sa plaque de police et de son revolver d'ordonnance, était prisonnier, lui aussi, prisonnier d'un système qui le faisait rendre des comptes à ses supérieurs. Et ses supérieurs étaient prisonniers des hommes politiques, et les hommes politiques étaient prisonniers de la masse des gens, et les gens étaient, comme elle-même, condamnés à perpétuité en essayant de se protéger contre le monde. Certains d'entre eux, bien sûr, étaient condamnés à mort. Et la sentence pouvait être exécutée n'importe quand...

Karen balaya cette idée, se força à avancer au moment où Lubeck replaçait le téléphone sur sa fourche.

— Des nouvelles ?

Lubeck secoua la tête.

— Rien. (Il se leva.) Mais ne vous bilez pas, nous avons la situation bien en mains. Une voiture de ronde patrouillera toute la nuit dans le secteur. Ce qui me fait penser...

— Oui ?

— Je téléphonerai encore deux ou trois fois pour rendre compte, plus tard. Alors si vous vous réveillez et si vous m'entendez les appeler, vous saurez pourquoi.

— Vous allez rester assis toute la nuit ?

— Mais oui. Je ne vous embêterai pas, sauf s'il le faut. Mais gardez votre porte ouverte. Et si vous entendez quoi que ce soit, braillez. (Lubeck lui adressa un sourire.) Je sais ce que vous ressentez, c'est un peu gênant, mais ne vous laissez pas abattre par ça.

— Je ne me laisse pas abattre, mentit Karen.

— Ah, encore une chose. Vous prenez un truc quand vous vous couchez ? Un sédatif, des somnifères ?

— Non.

— Parfait.

Karen n'en était pas si sûre, mais elle dissimula

ses doutes. En ce moment précis, elle avait envie d'un truc qui lui fasse vraiment perdre conscience. Tandis qu'elle se déshabillait dans la salle de bains, elle ne se sentit que trop éveillée, pleinement consciente de la présence d'un étranger dans l'autre pièce. Elle ne pourrait jamais s'endormir s'il restait là ; et d'un autre côté, elle ne pourrait jamais s'endormir s'il s'en allait. *Un homme en armure est l'esclave de son armure.*

Karen enleva le couvre-lit sans allumer la lumière de la chambre et se fourra sous les draps. Elle ne pourrait pas dormir mais elle pouvait au moins se reposer. La lumière du salon filtrait faiblement dans le couloir. Elle ferma les yeux pour ne plus la voir et plongea dans un sommeil profond moins de trente secondes après que sa tête ait touché l'oreiller.

Quelque part dans ses rêves, Bruce apparut.

Il portait une armure et il y avait une épée dans sa main.

Un épée sanglante.

13

Louise Drexel entendit le bruit la première.

Roger était dans le cabinet de travail ; il s'occupait de sa collection de timbres et elle était dans la bibliothèque. Louise avait toujours aimé la lecture et ça semblait l'occuper de plus en plus souvent ces derniers temps. Leur maison était probablement la seule de Bel Air qui n'eût pas de récepteur de télévision, et ça lui manquait vraiment, mais Roger était absolument inflexible. « Pourquoi te fourrer des cochonneries dans les oreilles ? » avait-il dit, et elle savait que le problème lui tenait très à cœur, parce qu'il utilisait rarement ce genre de langage. Louise fut tentée de lui rappeler qu'à une certaine époque, non seulement il regardait la télévision mais il patronnait bel et bien une émission ; c'était seulement après qu'il avait vendu son affaire qu'il avait changé d'opinion. Il avait cessé d'acheter le journal, aussi, quand il avait pris sa retraite.

— J'ai soixante-cinq ans et j'ai droit à un peu de

paix et de calme, lui avait-il déclaré. Nous avons suffisamment d'ennuis personnels sans nous faire du souci pour les autres.

C'était en fait à Edna qu'il pensait quand il parlait d'ennuis, mais ni l'un ni l'autre ne voulait en discuter davantage. Ils avaient agi au mieux, et c'était maintenant l'affaire des médecins. Elle recevait les meilleurs soins possibles et ils ne pouvaient pas faire plus. Et après la dernière attaque de Roger, ce n'était pas raisonnable de lui infliger une tension en s'étendant sur des sujets désagréables. Au début, Louise s'était sentie coupable — après tout, Edna était sa fille, et on n'aime pas faire comme si son unique enfant n'était pas un objet de préoccupation — mais elle se rappela ensuite que son premier devoir concernait son mari.

Durant sa convalescence prolongée, ils cessèrent de recevoir et perdirent peu à peu contact avec la plupart de leurs amis. Depuis lors, ni l'un ni l'autre n'avait fait le moindre effort pour renouer ces liens. C'était encore à cause d'Edna. Nul, à part le docteur et l'aide à temps partiel, n'avait seulement soupçonné ce qui lui était arrivé ni l'endroit où elle était à présent, et ce serait embarrassant de fournir des explications.

Pendant un certain temps, Louise s'était sentie perdue et un peu solitaire, mais au bout d'un moment elle en vint à se rendre compte que Roger avait raison. De la façon dont allaient les choses maintenant, il valait mieux limiter à un seul domaine ses contacts avec le monde. Philatéliste, Roger collectionnait de petits fragments du monde et les collait dans des albums. Lectrice, Louise extrayait de petits fragments du monde qui adhéraient à son esprit.

Ce soir, par exemple, elle apprenait des choses sur Khumaraweh. Il habitait un palais aux murs de lapis-lazuli et d'or, entouré d'arbres aux troncs et aux branches revêtus de feuilles de cuivre doré, et il avait pour animaux familiers des lions. Son lion favori, Zouraik, avait les yeux bleus. Comme remède contre l'insomnie, Khumaraweh construisit un lac artificiel de treize cents pieds carrés dans le jardin du palais et le remplit entièrement de mercure. Là, il dormait sur une couche de peaux gonflées, bercé et assoupi par le mouvement du mercure.

Tout cela semblait sortir d'un conte de fée, mais c'était de l'Histoire qu'elle lisait ; Khumaraweh avait régné effectivement sur ce qui était devenu depuis la ville du Caire, onze cents ans plus tôt. Et comme Roger, tout ce qu'il désirait, c'était la paix et le calme.

Louise venait de passer au chapitre du livre qui décrivait la salle des statues d'or de Khumaraweh quand la paix et le calme furent brisés par le bruit.

Ce n'était pas un bruit sonore mais il était persistant, et il semblait provenir de l'arrière de la maison. La première pensée de Louise fut qu'un volet était peut-être en train de cogner contre une des fenêtres de la cuisine.

Fronçant les sourcils, Louise mit de côté son livre et s'engagea dans le couloir.

Avant même de pénétrer dans la cuisine, elle vit que les volets étaient solidement fixés. Le bruit, c'était quelqu'un qui tapait à la porte de derrière.

Louise se demanda si elle ne devait pas prendre une arme — tout le monde dans le voisinage avait une arme à feu à la maison, depuis que les gens de cinéma, au bout de la rue, avaient été cambriolés — mais le revolver se trouvait dans un tiroir du bureau, dans le cabinet de travail, et il aurait fallu déranger Roger. *Pas d'émotions,* avait dit le docteur.

Louise hésita. La porte était fermée à clé et le verrou mis. Peut-être que si elle décrochait le téléphone, très doucement, et appelait la police...

Les coups à la porte devinrent un martèlement frénétique. Et par-dessus le bruit, Louise entendit la voix.

— Laissez-moi entrer ! Laissez-moi entrer...

Vivement, Louise traversa la pièce et manipula en hâte le verrou et la clé.

Elle ouvrit la porte et Edna lui tomba dans les bras.

— Maman...

Elle haletait, sanglotait, les cheveux en désordre, pendant en mèches sales, le visage barbouillé et strié de larmes.

— Qu'est-il arrivé ?

Edna leva les yeux et secoua la tête. Puis elle se retourna vivement et ferma la porte de la cuisine.

Tandis que Louise la regardait elle tourna la clé, remit précipitamment le verrou, gagna l'interrupteur mural et éteignit les lumières extérieures qui éclairaient le patio et la piscine.

Pendant qu'elle agissait ainsi, Louise remarqua la façon dont Edna était vêtue ; ce n'était qu'une espèce de corsage souillé, et absolument rien en dessous. Elle avait des sandales à ses pieds sans bas, et des bourrelets de chair tuméfiée se gonflaient et saillaient entre les lanières. Son front victime d'un coup de soleil était rouge et à vif.

Edna hocha la tête.

— Vite, emmène-moi d'ici avant qu'il vienne...

Louise l'arrêta de la main.

— Attends. Ton père est dans le cabinet de travail. Il a été très malade. Il ne faut pas l'inquiéter.

— Je ne suis pas inquiet.

Louise se retourna. Roger se tenait dans l'entrée du couloir et les fixait. Il semblait tout à fait calme.

— Papa ?

Edna n'était pas calme. Elle se remit à sangloter, s'avançant vers Roger, les bras tendus.

Roger recula.

— Pas de ça, dit-il. Tu es une adulte, Edna. Tu as quarante-deux ans. Je pense que tu nous dois, à ta mère et à moi, une explication de tout ceci...

Cela semblait froid, cela semblait cruel, mais Louise savait ce qu'il était en train de faire, et pourquoi. *Vous devez absolument cesser de la traiter comme une enfant,* avait dit le docteur Griswold. *C'est le seul moyen pour qu'elle arrête de se réfugier dans ses idées fantasques.*

Bien entendu, le docteur Griswold en avait dit beaucoup plus, mais Louise pouvait difficilement admetttre tout cela. Tout ce qu'avaient jamais fait Roger et elle, c'était d'essayer de protéger la petite d'influences extérieures dangereuses, de la tenir à l'écart des mauvais compagnons et de veiller à ce qu'elle ne tombe pas entre les mains de coureurs de dot. L'idée que toutes ces années de protection prudente avaient en fait des symptômes paranoïaques était manifestement absurde, et ce que Griswold avait dit du refoulement sexuel était franchement indécent. Toutefois, on ne pouvait nier qu'Edna eût besoin d'un traitement, et le docteur Griswold était grandement recommandé pour sa discrétion.

— Et si tu nous racontais simplement ce qui s'est passé, était en train de dire Roger.

Edna secoua la tête.

— Il pourrait entendre...

Louise allait répliquer, mais Roger la fit taire du regard.

— Passons dans le cabinet de travail, dit-il, et il se retourna et ouvrit la marche dans le couloir.

Edna boitait sérieusement, remarqua Louise, mais elle semblait maîtresse de soi ; le pénible tic facial qu'elle avait eu durant les derniers mois précédant son entrée à la clinique avait disparu. Et dans le cabinet de travail, quand elle s'enfonça dans le grand fauteuil, elle eut l'air d'une enfant dans une robe trop grande — une enfant effrayée, aux cheveux teintés de gris.

— Puis-je t'apporter quelque chose, chérie ? demanda Louise. Un verre de lait...

— Non, maman.

Louise contempla les pieds de sa fille.

— Au moins, laisse-moi t'aider à ôter ces sandales.

Elle eut un mouvement en avant, mais Roger s'interposa. Il sourit à Edna assise.

— Chaque chose en son temps, dit-il. Avant que nous passions à la suite, je veux que tu saches que ta mère et moi sommes heureux de te voir de retour à la maison.

— C'est vrai ?

— Bien sûr. Je suis certain que tu comprends que notre seul souci concerne ton bien-être. Tu sais cela, n'est-ce pas ?

— Oui. (La voix d'Edna était faible et elle ne le regardait pas.)

— Bien. (Roger hocha la tête d'un air approbateur.) Tu dois alors te rendre compte que nous avons décidé que tu entrerais à la clinique parce que le docteur disait que c'était la seule façon de t'aider. Et on t'a aidée là-bas, n'est-ce pas ?

— Oui, papa.

Le sourire de Roger ne vacilla pas le moins du monde.

— Alors, dit-il, pourquoi t'es-tu enfuie ?

Edna leva vivement les yeux.

— Je ne me suis pas enfuie ! Ils m'ont emmenée...

— Qui t'a emmenée ?

— Les autres. J'étais obligée de partir avec eux, je ne pouvais pas rester toute seule là-bas après ce qui s'était passé ! Nous sommes partis dans la voiture du docteur Griswold, hier soir...

— Et il vous a laissés partir ?

Edna secoua la tête.

— Le docteur Griswold est mort.

Le sourire de Roger avait disparu. Il tourna vers Louise un visage sévère, puis fit face à sa fille.

— Continue, dit-il doucement.

Et Edna continua, mais pas doucement. A mesure qu'elle parlait, sa voix s'aiguisa, frôla la crise de nerfs, balaya toute maîtrise de soi.

En écoutant, Louise se rappela les cris et les vociférations qu'elle avait entendus avant qu'ils emmènent Edna. Durant ces longs mois, les cris s'étaient éteints, réduits à de faibles échos, et même l'image d'Edna avait pâli jusqu'à n'être plus qu'une présence fantomatique qui hantait seulement son sommeil troublé. A présent, de nouveau, la voix était réelle et Edna était réelle. Mais ce qu'elle disait...

Le docteur Griswold était mort, l'infirmière de nuit était morte, l'infirmier Herb Thomas était mort aussi. Il avait conçu cela, il les avait tués, et il disait maintenant qu'ils allaient tous être libres. Et il prit la voiture et leur annonça qu'il allait les conduire en ville, les emmener où ils voudraient, mais il s'arrêta quelque part dans la Vallée. Il les fit rester dans la voiture pendant qu'il s'en allait, donnant d'abord un revolver à Tony et lui disant de les forcer à rester jusqu'à son retour. C'est alors qu'Edna avait compris qu'il mentait ; il ne les laisserait jamais partir, il les tuerait tous. Les autres semblaient avoir compris aussi, parce qu'ils s'étaient mis à se battre avec Tony sur le siège arrière. Elle avait alors sauté à bas de la voiture et s'était mise à courir, se cachant dans la nuit sur le chemin de Beverly Glen, puis redescendant sur l'autre versant par les routes de traverse, jusqu'à Bel Air, aujourd'hui. Elle serait arrivée plus tôt, mais vers midi, elle avait eu l'impression qu'on la suivait, et elle avait compris qu'il la poursuivait. Elle avait donc dû attendre qu'il fasse noir et se déplacer très lentement, car si jamais il la rattrapait...

— Qui ? dit Roger. Comment s'appelle-t-il ?

— Je... Je ne sais pas son nom.

— Tu ne sais pas ?

Edna secoua la tête. Ses yeux fulgurèrent en direction des rideaux tirés devant les fenêtres.

— Il pourrait être dehors en ce moment, chuchota-t-elle. S'il m'entendait le dire, il vous tuerait aussi.

— Mais c'est ridicule... (Louise se reprit comme Roger lui lançait un regard d'avertissement.)

Edna se recroquevilla comme si elle essayait de se cacher dans le grand fauteuil à oreillettes.

— Ses yeux, dit-elle. Je sens ses yeux. Comme des couteaux qui vous poignardent. Il est fou, vous savez. Les autres, ils sont seulement malades, mais lui est vraiment fou. Il peut obliger les gens à faire tout ce qu'il veut en les regardant. C'est pour ça que Tony l'a aidé. Il a même trompé le docteur Griswold. Quand il vous regarde, il peut dire exactement ce que vous pensez. Il a tout brûlé dans la cheminée, mais d'abord il a découvert où nous habitions tous, de sorte que si nous nous sauvions, il puisse nous rattraper. Parce qu'il veut que personne ne sache. Si jamais il me trouve...

Sa joue gauche se mit à tressauter ; le tic était revenu. Roger s'approcha et posa la main sur son épaule.

— Il ne te trouvera pas, dit-il. Je te le promets.

— Nous pouvons peut-être fuir, dit Edna. Nous pourrions nous en aller tout de suite dans ta voiture.

— C'est une idée. (Roger se tourna vers Louise.) Emmène-la là-haut et trouve-lui des vêtements convenables. Elle ne peut pas voyager comme ça.

— Mais, Roger...

— Fais ce que je te dis. (Il eut un bref clin d'œil.) Je vous rejoins dans un instant.

Roger se retourna, sourit à Edna et sortit dans le

couloir. Un instant plus tard, Louise entendit le bruit de la porte de la bibliothèque qui se fermait doucement.

— Bon, Edna, dit Louise. Allons-y.

Edna secoua la tête.

— Non.

— Qu'est-ce qu'il y a ?

— Il ne m'a pas crue.

— Mais bien sûr que si qu'il t'a crue.

Louise tendit la main et saisit le poignet d'Edna. La main était d'une saleté dégoûtante et les ongles rongés jusqu'au sang. Louise sentit le pouls battre précipitamment comme elle forçait Edna à se mettre debout.

— Je t'en prie, dit-elle. Il faut nous dépêcher et être prêtes à partir quand ton père nous rejoindra.

— Est-ce que tu me crois, maman ?

— Oui. (Louise conduisit sa fille à la porte.) Viens, maintenant. Tu vas prendre une bonne douche bien chaude, et puis nous te choisirons une jolie robe. (Louise parlait sans s'arrêter ; elle éleva la voix en longeant le couloir et en passant devant la porte de la bibliothèque, pour détourner l'attention d'Edna.) Tu te rappelles ce délicieux tailleur neuf que tu as eu avant de t'en aller ? Eh bien, il est toujours dans ta penderie... Je t'ai gardé toutes tes affaires, bien soigneusement...

Derrière la porte fermée de la bibliothèque, elle

distingua la voix assourdie de Roger au téléphone.

— ... urgent. Passez-moi la police...

Edna libéra sa main d'un mouvement violent. Un instant, Louise fut saisie de surprise ; sa seule pensée fut qu'Edna était vraiment très forte. Et puis elle sentit cette force exploser contre sa tempe, elle sentit sa tête se rabattre contre le mur, elle sentit... plus rien.

Quand Louise reprit enfin conscience, elle leva les yeux et vit Roger qui se penchait sur elle, lui secouait l'épaule. Comme sa vision s'éclaircissait, la silhouette derrière lui devint nette, y compris l'uniforme bleu.

— Police.. déjà là ? souffla-t-elle.

— Ça fait un quart d'heure que j'essaie de te ranimer, dit Roger. Doucement ! Ne bouge pas !

— Ça va bien.

Louise éprouva comme un martèlement en s'asseyant sur son séant. Une pulsation qui partait du point où son crâne avait heurté le mur et lui donnait envie de vomir. Mais ils l'aidèrent à se mettre debout et elle s'aperçut qu'elle parvenait à tenir sur ses pieds. Roger lui entoura les épaules de son bras.

— Où est Edna ? dit-elle.

Personne ne répondit. Ce n'était pas nécessaire ; quand Louise regarda au bout du couloir dans la cuisine, elle vit la porte ouverte sur l'arrière de la maison. Tous les projecteurs étaient allumés et, au loin, d'autres silhouettes en uniforme bleu allaient et venaient près de la piscine. Louise battit des paupières pour éclaircir sa vue brouillée.

— Elle t'a entendu et s'est sauvée, souffla-t-elle. Pourquoi n'essaient-ils pas de la rattraper ?

Elle voulut s'arracher à l'étreinte de Roger, mais son bras la maintenait fermement.

— Ne sors pas, dit-il.

Pas nécessaire de sortir, parce que les hommes en uniforme bleu s'approchaient de la porte ; ils se déplaçaient très lentement, et Louise vit ce qu'ils transportaient. Et tout fut très clair alors, aussi clair que les gouttes d'eau qui tombaient de la robe blanche trempée, des mèches de cheveux raides.

Edna. Elle s'était précipitée dehors, en proie à une terreur aveugle. Elle était tombée dans la piscine... s'était noyée...

Un instant, Louise crut qu'elle allait s'évanouir encore. Mais ils ne voulurent pas la laisser regarder le corps, ils l'obligèrent à retourner dans le cabinet de travail et à s'étendre, et Roger lui donna un peu d'eau-de-vie.

Ce fut seulement plus tard qu'ils lui apprirent qu'Edna n'était pas tombée dans la piscine. Ils l'avaient trouvée étendue à côté, et seule la partie supérieure de son corps pendait par-dessus bord, sous l'eau. Bien que sa tête fût immergée, elle n'était pas morte noyée.

Edna avait été étranglée.

14

Sur le Sunset Strip, ça balançait terrible.

Devant la salle porno, les fans de ciné-sexe s'alignaient pour la séance de minuit — un film naturiste racontant les mésaventures d'une jeune Indienne nommée Castor Fendu.

Plus bas dans la rue, les tables extérieures des troquets à hamburgers étaient bondées de clients qui partageaient hachis et haschisch.

Et au coin de Laurel Canyon Boulevard, Tony Rodell se tenait immobile comme une statue et s'envoyait en l'air. Il était au milieu de tout, et tout était au milieu de tout, et tout était hors de vue.

L'auto-collant sur le pare-chocs du buggy et son inscription en lettres bien nettes : *Vat'Fer'Mètre.*

Le gandin carrossé par Christian Dior criant d'une voix aiguë après son compagnon :

— Un garçon comme toi, comment as-tu pu tomber amoureux de Ronald ? Enfin, il est assez vieux pour être ta mère !

La nana avec la coupe afro hurlant à quelqu'un sur le trottoir :

— Passe Samedi pour la Messe Noire. On est en train de se munir.

Yaouh !

C'était là que ça se passait et c'était bon d'être de retour. Le plus grand chapiteau psychédélique du monde, de l'action où qu'on regarde ; toute la rue pleine de cow-boys du macadam et, contemplant la scène du haut des panneaux publicitaires peints et démesurés, les visages hirsutes et illuminés des dieux eux-mêmes : Les Bandants, l'Egoût Domestique, Slim le Bouseux et Ses Porcs.

L'année dernière, Tony avait été lui-même sur les panneaux. C'était quand le disque était sorti et que le groupe devait jouer à Tahoe. Puis tout s'était cassé la gueule, les bourres avaient fait une descente sur la boîte le premier soir, et sa propre mère — sa propre empaffée de mère — l'avait fait embarquer.

Ç'avait été le masque total, et sur le moment, Tony en avait flippé. C'est seulement plus tard qu'il avait compris qu'elle avait dû être au courant à l'avance, pour la descente, et faire un marché ; elle donnerait le groupe s'ils laissaient tomber les inculpations contre lui. Mais pour que la police accepte de marcher, il fallait que la vieille promette de lui garder le nez propre. Cest pour ça qu'elle l'avait mis au frigo dans cette clinique. Ça croquait des masses de blé de le planquer là-bas, et si elle et Griswold en avaient fait à leur tête, il aurait probablement continué à s'amuser tout seul à perpète, ou au moins jusqu'à épuisement du fric.

Mais quelque chose d'autre s'était épuisé pour Griswold avec le fric, et il ne retournerait pas en arrière. Pas question. Ses cheveux étaient courts, à présent, et il n'avait plus de barbe ; sa propre mère ne le reconnaîtrait pas. Pas avant qu'il soit trop tard...

Tard. Il était plus de minuit et personne ne s'était pointé.

Tony remua les pieds, puis les yeux, parcourut du regard la circulation qui enfilait le Strip. Minuit en face de chez Schwab, sur l'autre trottoir, c'était ce qu'avait dit l'homme, et il était là depuis plus de vingt minutes. Ça commençait à plus balancer terrible du tout, et il se rappela la conversation de la nuit dernière.

C'était après le retour de l'homme à la voiture arrêtée ; il avait constaté que tout le monde s'était tiré et que Tony était allongé sur la banquette arrière, assommé avec la crosse de l'arme qu'il devait utiliser pour les tenir tous en respect. L'homme avait giflé Tony jusqu'à ce qu'il revienne à lui, et pendant une minute Tony les avait eues à zéro, parce qu'il avait vu de quoi l'homme était capable quand il se mettait en colère.

— Je n'ai rien pu faire, répétait sans arrêt Tony. Ils m'ont tous sauté dessus en même temps. Si vous m'aviez seulement laissé mettre les sacrées balles dans le revolver...

— Pour que tu descendes quelqu'un et nous fasses repérer ?

L'homme soupira. Il adressa à Tony un de ses regards dingues et puis il lâcha un de ses trucs dingues :

— A quel point je vous hais, seigneur ? Laissez-moi compter de combien de façons.

Et il avait ri de son rire dingue, ce qui signifiait que tout allait bien.

— Ne t'en fais pas, je ne pensais pas les garder ensemble beaucoup plus longtemps. Peut-être même que ce sera plus facile à présent qu'ils ont filé ; à moins que l'un d'eux se fasse ramasser avant.

— Avant quoi ? dit Tony.

Mais l'homme se contenta de rire encore et mit le revolver dans sa poche.

— Laisse, ça me regarde. En route, maintenant.

— Vous voulez que je conduise ?

L'homme secoua la tête.

— On laisse tomber la voiture.

— Pourquoi ?

— La même raison pour laquelle je vais me débarrasser de ceci. (Et il tapota la poche où se trouvait le revolver.) A partir de maintenant, nous couvrons nos traces. Bonne stratégie militaire, comme dirait Clausewitz.

— Qui ça ?

— Un ami à moi.

L'homme aida Tony à s'asseoir et à descendre de la voiture.

— Tu as l'air bien, dit-il. Tu crois que tu peux marcher ?

— Bien sûr. J'ai juste été étourdi une minute.

— Bien. Mets-toi en route, alors.

— Vous ne venez pas avec moi ?

L'homme secoua la tête.

— Plus rapide est le voyageur solitaire.

Il ne cessait de regarder Tony, et on pouvait presque voir les rouages tourner dans sa tête. Tony se demanda si quiconque avait jamais pénétré dans sa tête ; Griswold peut-être. Mais Griswold s'était fait déchiqueter par la mécanique, et Tony n'avait aucune intention de prendre le même chemin.

— Demain soir, dit l'homme, et ce fut alors qu'il fixa le rendez-vous.

— Mais pourquoi est-ce que je ne peux pas rester avec vous ? demanda Tony.

— Négatif. Imagine que quelqu'un se fasse effectivement ramasser et donne notre signalement ? C'est difficile de retapisser quelqu'un à partir d'un seul signalement oral ; mais quand il s'agit de se baser sur deux personnes ensemble et deux signalements, c'est nettement plus facile. Par ailleurs, j'ai des choses à faire.

— Vous voulez dire que je suis censé traîner dans la nature pendant vingt-quatre heures ?

— Non. Tu ne vas pas traîner. (L'homme lui donna

quelques billets — provenant sans doute du portefeuille du vieux Griswold.) Va dans un motel, repose-toi un peu. Achète un peu de bouffe demain, mais reste bouclé autant que possible jusqu'à ce qu'il fasse nuit.

— Pourquoi foutre je mets pas tout simplement le cap sur ma piaule ?

— Parce que si la flicaille est mise au parfum, c'est le premier endroit où on va te chercher. On attendra d'être sûr qu'il n'y a pas de pet.

— Et ensuite quoi ?

— Ne te bile pas. Est-ce que je t'ai jamais laissé tomber ?

Tous deux connaissaient la réponse à cette question. Sans l'homme et son plan, Tony en serait encore à s'offrir des séances de divan à Freud-City. Mais il avait écouté l'homme, et c'est ce qui l'avait mené jusqu'ici ; autant finir le voyage.

Et l'homme partit donc à pied vers l'ouest et Tony vers l'est ; il se planqua dans un petit motel pourri de Ventura Boulevard, où personne ne s'occupait de la question bagages ; de même que l'homme, il était sapé en bourgeois au lieu de porter une chemise de malade, et ça aidait.

Le sommeil ne vint pas facilement, avec toutes les images qui surgissaient dans la tête de Tony à la minute où il fermait les yeux ; il n'avait pas vu Griswold, ni l'infirmière, mais il avait regardé Herb mourir. C'était seulement moche la première fois, et ça n'était pas mieux en seconde projection, sauf que Tony passait son temps à se rappeler que tout cela était fini. Et ce n'était pas la peine de se tracasser pour les autres ; ils devaient être aussi pressés que lui de s'en tirer, et se tenir comme lui à carreau. L'homme savait ce qu'il fabriquait, et il tenait toujours parole. Il avait dit qu'ils se feraient la valise, et ils se l'étaient faite ; maintenant il disait qu'ils arriveraient à terminer le reste du parcours, et ils y arriveraient.

Peu avant l'aube, Tony arriva à s'endormir, et quand vint le matin, il se sentait mieux. Aujourd'hui, il avait attrapé un bus jusqu'à Hollywood Boulevard et s'était planqué dans un des cinémas permanents ; il avait vu un double programme. Dans le premier film, les adultes vêtus de bleu de la cavalerie des Etats-Unis éventraient de jeunes Peaux-Rouges innocents ; dans le second, des flics adultes vêtus de bleu éventraient de jeunes émeutiers innocents. Et ainsi de suite, jusqu'à la tombée de la nuit ; puis Tony avait eu à peine le temps d'avaler une paire de hot-dogs à un comptoir du boulevard. Ce n'était pas une tellement bonne idée, parce que l'emballage des hot-dogs lui rappela un peu les intestins qu'il avait vus pendre dans les films, mais bien sûr c'était seulement du ciné, et classifié Tous Publics, d'ailleurs. Personne ne classifiait les hot-dogs.

Puis Tony se mit à remonter le boulevard, dépassa les vitrines des librairies (*Ouvrages Historiques sur le Vieil Ouest*) et des disquaires (*Occasions 1971*

Bon Etat). Il se demanda vaguement si son disque était toujours en rayon, mais décida qu'il valait mieux ne pas entrer jeter un coup d'œil. Valait mieux avancer.

Avancer, dépasser les caves qui reniflaient la cour devant le Théâtre Chinois Grauman (« Regarde, m'man ! Est-ce que c'est un vrai hippie ? »), et descendre La Brea Boulevard jusqu'au Sunset Strip, et puis longer le Strip lui-même, dépasser les troquets à menu organique pour demeurés naturistes et les boîtes à pédés. Et continuer sur le Strip, de l'autre côté de Fairfax Avenue, et il était en place. Et où diable était l'homme ?

Quelqu'un klaxonna et Tony tourna la tête, reconnaissant le son. Un peu, qu'il pouvait le reconnaître, parce qu'il reconnaissait aussi la voiture. C'était sa propre MG, et l'homme était au volant, sur la voie de droite, braquant vers le coin du trottoir.

— Dépêche, dit l'homme, ce qui était ridicule, car de toute façon tout le monde s'était arrêté à cause du feu rouge.

Tony sauta à bord, et quand le feu passa au vert, la MG tourna et s'engagea dans Laurel Canyon Boulevard.

— Hé, camarade, où est-ce que t'as eu ma chignole ? dit-il.

L'homme sourit.

— Prise à ces merveilleux compagnons qui t'ont mené à la Croix.

Il portait un nouveau costume — veste sombre et pantalon de toile. Grâce au portefeuille de Griswold, se dit Tony. Et son sourire indiquait que tout baignait dans le beurre.

— T'as fait une descente sur ma piaule, dit Tony.

L'homme hocha la tête.

— Je voulais inspecter le coin, être sûr que nous n'aurions pas de problèmes.

— Et les flics ?

— Si l'ignorance est un bienfait, ce sont les gens les plus heureux de la terre.

— Personne n'a attaché le grelot ?

— Pas une âme. (L'homme stoppa à l'intersection de Hollywood Boulevard, puis fonça en avant d'un coup d'accélérateur quand le feu passa au vert.) C'est une chouette baraque que tu as.

— Je t'ai dit qu'elle était bath.

— Je ne m'attendais pas à une telle élégance, en quelque sorte. A un moment donné, l'architecte a dû décider de se risquer à fond et de se lancer dans le baroque.

— C'était à un producteur, dans le temps. Mon agent l'a dénichée pour pas cher l'an dernier. Il a dit que c'était une affaire.

— C'est lui qui l'entretient en ton absence ?

— Non. On a mis le contrat au frais quand je suis entré à la clinique. Ma vieille passe deux fois par semaine. Garder les accus de la voiture en état, nettoyer la baraque, s'occuper de nourrir les chiens.

(Tony eut un sourire.) Qu'est-ce que vous en dites, des chiens ?

— Ils m'ont flanqué une trouille de première. Ils se sont mis à aboyer quand j'ai franchi le mur et j'ai failli changer d'avis. (L'homme braqua pour prendre la voie de gauche de Lookout Mountain et tourner.) Bonne chose qu'elle les garde enchaînés.

— On est obligé, avec les Dobermans. Mais les chiens de garde, c'est une bonne idée, dans les collines. Bien sûr, ils me connaissent tous les deux, et ils sont habitués à ma vieille aussi, mais si n'importe quel étranger s'amène... Attention !

— Ils n'ont pas arrêté de hurler tout le temps que j'étais dans la maison. Je me suis dit qu'ils avaient faim, alors j'ai pris une boîte de pâtée pour chiens dans la cuisine et je la leur ai portée. Mais je te prie de croire que je ne me suis pas approché trop près.

— Quand ils nous verront ensemble, ils ne vous causeront pas d'ennuis. C'est comme je vous le dis, ils sont comme des petits chiots avec moi et ma vieille.

La MG escaladait Lookout Mountain, à présent, laissant derrière elle Horsheshoe Canyon et l'école, puis prenant la bifurcation de Wonderland Avenue. Même dans les ténèbres, le trajet était familier à Tony, et soudain, pour la première fois, il eut le sentiment de rentrer chez lui. Il se rendit compte à quel point ça lui avait manqué, d'être dans sa piaule à lui, de voir Tigre et Butch.

— Tu dis que ta mère passe plusieurs fois par semaine ? demanda l'homme.

— Ne vous bilez pas, elle ne sera pas dans le secteur avant Jeudi.

— Comment le sais-tu ?

— Je vous l'ai dit, elle a appelé à la clinique avant-hier. Elle a dit qu'elle allait à Vegas pour deux ou trois jours.

— Et si elle est lessivée ? Ça ne la ferait pas rentrer plus tôt ?

— Elle n'y va pas pour rigoler. Quand il y a un grand congrès au Flamingo, elle file là-bas bosser aux tables. Comme serveuse de cocktails. (Tony hocha la tête.) A la voir, on n'imaginerait jamais qu'elle a un fils adulte. C'est vrai, quoi, il y a deux ou trois ans, là-bas sur Western Avenue, elle bossait comme serveuse une pièce.

— J'ai vu une serveuse vraiment « une pièce », une fois, dit l'homme.

— Vraiment ?

— C'est ça. (L'homme sourit.) La pièce du haut manquait. Quelqu'un lui avait coupé la tête.

Tony sourit aussi, bien que la plaisanterie soit vieille. Mais était-ce une plaisanterie ? Avec ce gus, on ne savait jamais. Un instant il blaguait, l'instant d'après il lâchait des maximes philosophiques. Mais c'était le gars capable de faire tenir le tout ensemble, et c'était ce qui comptait.

La MG tourna dans Wonderland Park ; ça montait

toujours. La route était plus étroite, par ici, et elle devenait plus sombre. Pas de lumières dans les cours, pas de lumière dans les maisons à flanc de pente. C'était difficile de croire qu'il n'y avait que dix minutes de voiture, d'ici au Strip. A vivre ici, on était vraiment planqué. La plupart du temps, on était au-dessus du smog et il faisait généralement bien plus frais qu'en bas. Les gens non plus ne s'échauffaient pas. C'était ce qui avait plu à Tony, pour commencer.

Ce serait bon d'être de retour chez soi, même pour un petit moment. Seulement pour un petit moment, bien sûr, car une fois que la flicaille se serait organisée, ça allait chauffer en bas, et beaucoup trop pour qu'on reste.

Tony jeta un regard à son compagnon.

— Qu'est-ce qui se passe ensuite ? demanda-t-il.

— J'ai quelques idées là-dessus. Attends qu'on soit entrés et qu'on puisse se détendre.

Tony remarqua qu'à présent, la MG avançait en se traînant, prenait presque au ralenti les virages qui menaient à la maison, tout en haut. Et l'homme gardait un œil sur chaque ombre, chaque voiture en stationnement, s'assurant que personne ne les observait, que personne ne les attendait. Une vachement bonne chose, d'ailleurs ; ce n'était pas le moment de se mettre à parler de l'avenir. Il fallait dresser l'oreille.

Son oreille lui annonça alors que les chiens avaient entendu arriver la voiture. Ils grondaient derrière le mur. La MG stoppa devant l'allée et s'immobilisa, moteur en marche.

L'homme fouilla sa poche de veste et lança un trousseau de clés sur les genoux de Tony.

— Tu n'auras pas besoin de faire le mur, dit-il. J'ai trouvé ça dans ton secrétaire.

Tony ouvrit la portière et se glissa dehors. Il entendait Tigre et Butch geindre et renifler, il entendait leurs griffes gratter et érafler le mur tandis qu'ils s'excitaient. Eh bien, lui aussi s'excitait ; la seule vue de la maison lui suffisait, après tout ce temps. Elle avait dû lui manquer plus qu'il ne s'en était rendu compte.

Tony jeta un regard à l'homme. Celui-ci était toujours assis au volant.

— Vous n'entrez pas ?

— Pas avant d'avoir mis la voiture au garage. Des gens la verraient arrêtée dans la rue demain, ça pourrait leur donner des idées.

Bien raisonné. Tony traduisit son approbation en arrondissant le pouce et l'index, et l'homme hocha la tête.

— Vas-y, entre et essaie de voir si tu peux faire tenir ces chiens tranquilles.

Tony gagna la porte de la cour et l'ouvrit. Le simple contact de la clé tournant dans la serrure était déjà réconfortant et familier.

Il pénétra dans le patio, fermant la porte derrière lui tandis que les chiens poussaient un grondement.

A travers le bruit, il entendit le moteur de la MG qui s'emballait et s'éloignait. Mais avant qu'il ait pu y réfléchir, Tony se retourna et vit Tigre et Butch. A sa grande surprise, ils étaient détachés et ils fonçaient sur lui, les crocs découverts et bavants ; leurs yeux rouges luisaient au clair de lune. Puis le clair de lune s'effaça car ils bondirent. Tony hurla et se détourna, mais il était trop tard.

15

La terre tourne sur son axe en vingt-quatre heures moins quatre minutes. Elle orbite autour du soleil à la vitesse approximative de trente kilomètres par seconde tout en tournoyant simultanément à une vitesse de plus de seize mille kilomètres à l'heure.

Le lieutenant Franklyn Barringer admettait tout cela parce que les savants disaient que c'était ainsi. Il l'admettait, mais ne le croyait pas véritablement.

Assis à son bureau, les deux pieds fermement posés par terre, il ne pouvait tout à fait comprendre l'idée qu'il tourbillonnait en réalité en cercles sur une boule qui tournait simultanément en rond autour d'une autre sphère à une allure ahurissante, tout en filant vers le haut ou vers le bas ou de côté. Et pourtant, se dit-il, *la chose se passe, c'est un fait démontrable même si ça paraît incroyable.* Et on admet les preuves de la démonstration et on n'y pense plus.

L'ennui, c'est qu'il y a certaines preuves, tout aussi incroyables, dont on ne peut pas si facilement se débarrasser. Tel le dossier qui s'accumulait sur le bureau de Barringer ce matin-là : les notes sur les appels téléphoniques, les enregistrements sur bande, les rapports.

— C'est bon, marmonna-t-il. Il faut que je l'admette. Je n'arrive toujours pas à croire...

— Et vous voulez que je vous persuade, c'est cela ? dit le docteur Vicente.

— Pas nécessairement. (Barringer se versa une tasse de café.) Vous avez regardé tout ça. Je veux votre opinion.

— En d'autres termes, une hypothèse probable. (Vicente tendit le bras vers le réservoir à café et remplit sa propre tasse.) Pour commencer, est-il possible qu'un seul homme commette tous ces meurtres en l'espace d'environ quatre heures ? A certaines conditions, la réponse est oui, incontestablement.

— Quelles sont les conditions ?

— Qu'il ait eu les noms et adresses des victimes, obtenus soit directement d'elles, soit par les dossiers de Griswold avant de les brûler. Qu'il ait eu des moyens de transport, et nous savons d'après les traces de pneus relevées devant la maison qu'il conduisait la voiture de Tony Rodell, ou du moins une voiture qui avait occupé le garage de Rodell. Enfin, qu'il ait eu certains motifs raisonnables de penser que ces gens se pointeraient chez eux ou sur leurs lieux de travail à divers moments hier soir...

— Edna Drexel a dit à ses parents qu'ils s'étaient

éparpillés dans toutes les directions à Sherman Oaks.

— Elle a aussi dit avoir eu l'impression que quelqu'un la suivait.

— Vous oubliez... Deux heures auparavant seulement, Jack Lorch a été tué à Culver City.

— De Culver City à Bel Air, il n'y a qu'une demi-heure de voiture.

— Mais comment savait-il qu'Edna Drexel irait chez elle ?

— Pour la même raison qu'il savait trouver Jack Lorch à son bureau. Ces gens n'avaient aucun autre endroit où aller. Pas d'argent, rien à manger.

— Il semble qu'il forçait sa chance.

— Il n'avait pas la moindre alternative en l'occurrence. Je pense qu'initialement, il avait prévu de se débarrasser d'eux en bloc, la nuit où ils étaient tous dans la voiture de Griswold. Une nouvelle fois selon ce qu'a raconté la mère Drexel, Tony Rodell les tenait tous en respect avec son arme. Il avait peut-être l'intention d'emmener tout le groupe en voiture à la maison de Rodell et d'en finir avec eux là-bas, avec l'aide de Rodell. Mais comme ils ont filé, il a été obligé de les retrouver individuellement et de prendre des risques.

— Vous dites sans arrêt « il », au singulier. N'oubliez pas, il y a encore deux hommes en fuite.

— Je sais. Mais l'un d'eux faisait partie du groupe qui s'est sauvé. Et il est toujours caché quelque part, à moins que notre homme l'ait rejoint aussi et que nous n'en ayons pas encore entendu parler.

— Nous ne savons pas la moindre chose, bon Dieu, sinon que deux hommes se trouvent quelque part dans la nature et que l'un d'eux s'appelle Bruce Raymond. C'est le tueur, ou bien c'est une victime en puissance. Faites votre choix.

Vicente avala une gorgée de café, puis posa son gobelet sur le bureau.

— D'après ce que nous savons de Raymond, il pourrait être l'un ou l'autre. J'ai lu ce rapport que nous ont envoyé les A. C. Instabilité marquée, mais coopératif, bonne réaction à la thérapie... un tas de formules prudentes, le tout aboutissant à une piètre excuse pour le laisser sortir et donner son lit à un autre malade. Pas de pronostic net, rien qu'un truc pour protéger le docteur qui a pris la décision.

— Qui s'est occupé de son cas, là-bas ?

— Un certain major Fairchild. J'ai essayé de le contacter hier, mais il est parti depuis un bail. On avait une adresse à Seattle, un machin appelé la Clinique Professionnelle, mais quand j'ai téléphoné, on m'a dit qu'il était parti en vacances au Japon. Vous pourriez le joindre en passant par...

— Pas le temps. (Barringer secoua la tête.) Et même si nous le faisions, comment diable est-ce qu'un toubib de l'armée va nous dire, du Japon, si un de ses anciens patients pourrait avoir piqué une crise de folie meurtrière ici ?

— Il ne peut pas vous le dire, et moi non plus. (Le docteur Vicente repoussa sa chaise en arrière.) Mais je peux vous dire quelque chose du type d'homme qui a effectivement commis ces meurtres.

— Encore une hypothèse probable ?

— Pas entièrement. Nous avons certains faits sur quoi nous appuyer. Numéro Un, comme je vous l'ai dit, c'est sans aucun doute un sociopathe...

— Est-ce que vous pouvez me raconter ça en évitant le jargon psychiatrique ?

— D'accord, pas de formules prudentes. (Vicente sourit, puis se rasséréna.) Pour répéter ce que nous savons déjà, notre homme n'est pas reconnaissable en tant que cinglé. Il a l'air et le comportement d'un être humain rationnel. Il joue la comédie, bien sûr, mais de façon convaincante ; nous le savons parce qu'il est arrivé à organiser toute son évasion de la clinique sans éveiller les soupçons du personnel ni de ses compagnons. En fait, il est parvenu à obtenir des autres malades qu'ils l'accompagnent. Il a probablement l'habitude de commander, de donner des ordres...

— Raymond a été officier.

— J'ai noté ça. (Vicente hocha la tête.) Autre chose. D'après la nature des crimes, nous devons supposer que nous avons affaire à quelqu'un doué d'une grande force physique. Même si nous admettons que Tony Rodell a été son complice, il est manifeste que la force a été utilisée, aussi bien que l'élément de surprise. Griswold a été ligoté sur un fauteuil, Jack

Lorch a été frappé à la tête, un infirmier poignardé, deux femmes étranglées, Dorothy Anderson a été égorgée...

— Voilà autre chose qui me tracasse, dit Barringer. Chaque meurtre a été différent. D'habitude, il y a une constante.

— Nous n'avons pas affaire à un meurtrier qui agit sur impulsion. Il n'y a pas fétichisme, apparemment, pas de composante sado-masochiste évidente. (Vicente s'interrompit, se rendant compte qu'il retombait dans la phraséologie spécialisée.) Au niveau conscient, cet homme tue simplement pour couvrir ses traces, par n'importe quelle méthode pratique sur le moment. Au niveau inconscient, bien sûr, c'est une autre histoire. Quiconque mettrait au point le genre de mort infligé à Tony Rodell...

— Nous ne savons pas s'il l'a mise au point à l'avance, coupa Barringer. C'était peut-être accidentel. D'accord, ces Dobermans étaient féroces, mais ils connaissaient leur maître.

— Nous aussi. (Le docteur Vicente feuilleta les papiers posés sur le bureau de Barringer.) Vous avez parlé à sa mère ce matin.

— Et je n'ai absolument rien obtenu, dit Barringer en secouant la tête. Mis à part qu'elle a identifié son fils comme l'un des malades manquants, tout ce qu'elle nous a raconté était d'une fausseté évidente. Tony était un bon garçon, peut-être un peu perturbé, mais pas de réels problèmes.

— C'est la mère de la victime. Qu'est-ce que vous vous attendiez qu'elle dise, vu les circonstances ?

— Peu importe. Nous avons son dossier.

Cette fois ce fut Barringer qui tripota les documents posés sur le bureau ; il finit par trouver une feuille qu'il parcourut du regard.

— Un cancre. Inculpé de vol de véhicule à seize ans, sursis et mise à l'épreuve. Sa mère jure qu'il a toujours gardé le nez propre, mais nous avons là deux inculpations dans des affaires de stupéfiants.

— Avant ou après qu'il ait organisé son groupe de rock ?

— Après. Apparemment, il se faisait un gros paquet avec la musique, assez gros pour qu'il achète cette maison et l'entretienne. J'ai amené la mère à avouer qu'elle n'avait pas vu son fils pendant presque un an avant qu'il entre à la clinique, mais elle a refusé de parler de son internement. Je crois qu'il a été envoyé là-bas parce qu'il était camé. Défoncé aux amphètes.

— Un motif quelconque pour appuyer votre théorie ?

— Deux mille motifs. (Barringer avala une dernière gorgée de café.) Deux flacons, chacun contenant mille capsules d'amphétamines, planqués sous les paquets de viande dans le congélateur. On les a dénichés ce matin quand on a fouillé la maison. Un des flacons cacheté, l'autre ouvert.

Le docteur Vicente étrécit les yeux :

— Qu'est-ce que ça vous suggère ?

— Que Rodell et le meurtrier sont arrivés à la maison ensemble, peut-être dans l'intention d'y passer la nuit. Ils avaient probablement la voiture de Rodell ; pour ce que nous en savons, ils étaient ensemble pendant la soirée où les meurtres ont été commis.

— Vous pensez que Tony Rodell a été mêlé aux crimes ?

— Possible. Surtout s'il avait repéré sa réserve de capsules plus tôt, quand ils sont venus prendre la voiture. Je n'ai pas besoin de vous dire ce dont un camé qui marche aux amphètes est capable quand il est vraiment parti. (Barringer frotta son gobelet à café vide contre la surface du bureau.) Disons qu'il planait encore quand ils sont revenus à la maison, qu'il était vraiment dans les nuages. Suffisamment pour maltraiter ces chiens. Ils l'ont attaqué, et son compagnon a eu peur et a filé avec la voiture.

— Vous avez la moindre preuve que les chiens ont été maltraités ? Est-ce que vos gars ont trouvé un bâton ou un fouet, sur les lieux ?

— Non, rien que l'emballage d'un des paquets de viande. Peut-être qu'il taquinait simplement les chiens, en leur montrant la viande et en la retirant hors de leur portée, ce genre de trucs. (Barringer haussa les épaules.) Avec un type qui marche aux amphètes, tout est possible.

— Tenons-nous-en à ce qui est probable, suggéra le docteur Vicente. Vous dites qu'il n'y a pas de constante dans ces assassinats. Ce que vous voulez dire en fait, c'est qu'il n'y a pas de suite dans la *méthode*. Mais la constante est pleinement visible dans le *mobile*. Un par un, le meurtrier tue tous les gens qui pourraient l'identifier. Nous sommes tous deux d'accord, Tony Rodell aurait pu identifier le meurtrier. Ce qui fait que sa mort cadre avec la constante.

— Comment le meurtrier a-t-il fait pour que ces chiens attaquent Rodell ?

— Je ne sais pas. (Le docteur Vicente se leva.) Pas plus que vous ne savez réellement si Rodell était sous l'influence des amphétamines au moment de sa mort.

— Mais je m'en vais le savoir.

Barringer fronça les sourcils et tendit la main vers le téléphone.

Le docteur Vicente demeura silencieux tandis que le lieutenant passait un appel au bureau du médecin-légiste adjoint. La conversation qui suivit fut sibylline, mais l'expression de Barringer, quand il raccrocha, racontait une histoire bien à elle.

— D'accord, toubib, dit-il. L'autopsie n'est pas terminée, mais les examens préliminaires d'échantillons de sang et du contenu de l'estomac de Rodell montrent qu'il n'était pas camé quand il est mort.

— Pas traces d'amphétamines ?

Barringer secoua la tête.

— Pas chez Rodell. Mais vous aviez raison : les

chiens ne l'ont pas attaqué par accident. On les avait préparés.

— Préparés ?

— Les chiens ont été abattus ce matin. J'ai demandé un examen. Selon le rapport, leur estomac était plein de viande, et il apparaît qu'on leur a donné à manger au moins une demi-douzaine de capsules avec. Pas étonnant qu'ils aient attaqué Rodell quand il est entré. Ils auraient attaqué n'importe quoi, pourvu que ça bouge. Quelqu'un a dopé ces chiens aux amphètes.

16

Il passa la nuit dans la voiture, garée dans le cul-de-sac barricadé d'une entrée d'autoroute abandonnée. Des buissons faisaient écran entre lui et la rue tandis qu'il dormait.

Le sommeil n'avait jamais été un probème ; il lui suffisait de fermer les yeux pour tomber immédiatement dans un trou noir. Une cachette, sans lumière et sans bruit, où rien ne pouvait le trouver, même pas les rêves. Il n'avait pas rêvé depuis des années.

— Bien sûr que vous rêvez, insistait toujours le docteur. Tout le monde rêve. C'est seulement que vous refoulez de tels souvenirs hors de votre conscience.

Les implications étaient évidentes ; il faisait obstacle au mécanisme du souvenir parce que ses cauchemars étaient trop terribles pour voir le jour. C'est ce que le docteur avait envie de croire, mais il se trompait. Rien n'est trop terrible pour voir le jour. Il avait prouvé cela au-delà de toute incertitude — pas en rêve, mais dans la réalité. Nul n'avait jamais souffert comme lui, et pourtant il avait survécu. Il survivait, et les autres — les rêveurs — étaient morts. Quant à lui, il se contentait de dormir. De dormir bien à l'abri, dormir en sûreté, dormir avec la conviction de celui qui sait qu'il se réveillera. *Car je suis la résurrection et la vie, maintenant et à jamais. Amen.*

L'éveil vint avec un grondement et un rugissement.

Un clin d'œil et il fut instantanément conscient ; il grimpa frénétiquement pour sortir du trou noir tandis que les bombes tombaient. *Non, pas des bombes ; c'était ailleurs en d'autres temps, cela.*

Puis il sut où il était. Dans le cul-de-sac, et il reconnut la source du bruit : des bennes à ordure, s'alignant pour faire leur besogne dans la vie matinale de la rue. Aussitôt qu'il comprit ce qu'il entendait, son cœur cessa de cogner dans sa poitrine et il recouvra son calme.

Il s'assit sur son séant, s'autorisa un léger sourire, pas en raison du contenu de ses pensées, mais pour se féliciter de la discipline et de la maîtrise qui lui permettaient de les formuler avec tant d'aisance. Combien d'autres, dans des circonstances similaires, pourraient sortir une chose comme ça ?

Personne. Parce qu'il n'y avait pas d'autres, en réalité. Ce n'étaient que des acteurs. Bien sûr, aucun d'eux ne le savait, pas plus que ne le savait le docteur. Ils se croyaient réels, mais ce n'étaient que des créations de son imagination. *Le monde est mon idée.*

C'était de découvrir ce secret qui avait tout rendu si facile.

Au début il n'avait pas été sûr. Il s'était demandé comment ce serait, s'il pourrait effectivement réaliser le rôle qu'il avait répété maintes et maintes fois en esprit. Il avait écrit la pièce, l'avait mise en scène, avait fixé les limites des mouvements, sélectionné les acteurs, organisé avec précision tout le déroulement de l'œuvre. Il connaissait son propre rôle à la perfection, mais le doute rongeur était demeuré : pourrait-il le jouer ?

A présent, il connaissait la réponse. Il n'y avait pas eu de trac. Grand Guignol, Théâtre de la Cruauté, appelez ça comme vous voudrez, cela ne différait pas du Théâtre de l'Absurde. La Comédie et la Tragédie aussi bien n'étaient que des masques à porter et à rejeter à volonté. On devait seulement se rappeler que tout ça était du trompe-l'œil. Le sang n'était que de la sauce tomate, les tressaillements et les grimaces et les hurlements et les plaintes provenaient tous d'acteurs qui donnaient la réplique, et qui chargeaient leur jeu pour leur grande scène de mort.

Bien sûr il devait être prudent, parce qu'il était réel, *lui,* et son sang n'était pas de la sauce tomate. Tout le monde allait supplier — L'Auteur ! L'Auteur ! — mais il ne pouvait se permettre de venir saluer ; il devait éviter les projecteurs à tout prix. Le meilleur moyen était de changer sans cesse de rôle.

Chaque homme joue bien des rôles pendant sa vie. Le personnage du malade sérieux et obéissant, aux yeux du docteur Griswold et du personnel ; le chef tout-puissant pour les autres malades. Et puis, pour des assistances choisies et composées d'une seule personne, les petits rôles muets. L'homme dans le placard pour Dorothy Anderson, l'homme dans l'ombre pour Jack Lorch, l'homme dans le jardin attendant Edna Drexel. La piscine avait été un superbe accessoire ; quelque chose remua dans sa mémoire et lui apprit qu'il avait ainsi plagié le vieux mélodrame oriental, *L'Etranger au Paradis.* La vie imite l'art.

Mais la disparition de Tony Rodell de la scène avait été le fruit d'une remarquable improvisation. Cette façon d'utiliser les chiens avait été un coup de génie ; peut-être était-il arrivé à mystifier complètement le public.

Il se pencha en avant sur le siège de la voiture et alluma la radio, puis appuya sur les touches, pour explorer les gammes d'ondes à la recherche des informations du matin.

Le babillage du speaker lui donna la réponse qu'il cherchait.

— ... révoltante et brutale série de meurtres a connu son point culminant aux premières heures de la matinée avec la mort de Tony Rodell, ex-vedette de rock et de pop-musique...

Il attendit et apprit avec satisfaction qu'on avait découvert ce qu'il avait fait aux chiens ; c'était important. On n'avait rien découvert sur lui, et c'était encore plus important. Le reste se réduisait à un exercice d'injures mal embouchées — « fou homicide toujours en fuite » et le reste. Les gens qui ne comprennent pas une pièce en font toujours de mauvaises critiques.

Il éteignit la radio et brancha le rasoir qu'il avait acheté la veille au drugstore. Utilisant la glace du rétroviseur, il ôta les poils qui se hérissaient sur son visage. Puis il se pencha pour sortir de sous le siège des vêtements de rechange. Une chance qu'il y ait eu tant de liquide dans le portefeuille de Griswold. Assez pour un nouveau costume. Il se rappela sa prudence avec Dorothy Anderson ; il avait pris en fait une des blouses qui pendaient dans son placard et se l'était nouée autour du cou comme un tablier pour se protéger du sang qui allait gicler. Il avait jeté la blouse tachée dans un caniveau avant de prendre la voiture de Tony Rodell et on ne l'avait apparemment pas encore retrouvée ; non que la blouse puisse être d'une quelconque utilité.

A travers les buissons il scruta la rue. Il y avait une certaine circulation matinale — des gens qui allaient travailler — mais personne ne regardait de son côté. Malgré ça, il se glissa aussi bas qu'il put derrière le volant pour se dissimuler tandis qu'il se dépouillait de ses vieux vêtements et endossait les neufs.

Ce serait bien sa chance s'il se faisait ramasser pour attentat à la pudeur.

Non, ce ne serait pas bien sa chance. *Sa* chance était bonne, elle l'était depuis le début. Car l'homme avisé forge sa propre chance, et il avait tout mis au point.

Il enfila le pantalon, puis extirpa les épingles de la chemise neuve. Quand il l'eut boutonnée, il saisit la cravate et se rassit bien droit sur le siège pour la nouer, les yeux fixés sur le miroir. Puis il transféra le contenu de ses poches dans le nouveau costume, s'arrêta pour compter l'argent qui restait dans le portefeuille de Griswold. Trente-quatre dollars. Pas une fortune, mais assez pour passer la journée. Et il y aurait davantage d'argent. Davantage d'argent et d'autres journées.

Pour la première fois il permit à cette idée de surgir ouvertement. Elle attendait depuis un certain temps, elle attendait patiemment que la scène soit mise en place. *Pourquoi limiter la chose à une seule représentation ?*

Même à la clinique, il avait pressenti cette pensée. Et la nuit dernière, elle s'était imposée encore plus. Maintenant, aujourd'hui, il allait atteindre le point culminant et le rideau tomberait. Son rôle serait terminé.

Mais fallait-il qu'il prenne fin ?

L'élimination des témoins avait été conçue comme

une mesure de précaution, et c'était le bon sens. Mais pourquoi s'arrêter là ?

Le monde était plein de candidats à l'oubli. Comme cet âne à la radio, et son braiement indigné à propos du « fou homicide ». Oui, et tant d'autres.

Un défilé de parade se mit à lui passer à travers l'esprit, conduit par une majorette demi-nue, aux longues jambes, minaudant et se pavanant dans sa culotte sexy, câlinant le phallus d'argent qu'adoraient toutes les garces provocantes de ce genre, se lèchant les lèvres tandis qu'elle le projetait en l'air comme un dard en singeant comiquement un rôle d'homme. Derrière elle, l'imbécile hurleuse préposée aux ovations, seins surgissant sous le sweater, cabriolant avec de grotesques grimaces et des gestes spasmodiques en hurlant passionnément : « Donnez-moi un V, donnez-moi un O, donnez-moi un M, donnez-moi un I ! ! » Et puis la brute baraquée, bardée, bombée, face de fretin réfrigéré, les yeux comme des billes, le corps remuant inconsciemment à un rythme raide de robot — Sa Majesté Militante, le sergent qui commandait l'exercice, aboyant sans cesse et sans raison le concentré insensé de la stupidité tout entière : « En Avant-*Arche* ! »

Et derrière lui, tous les autres, les millions et les millions d'autres, qui suivaient de tels leaders. Qui acceptaient le roucoulement obscène des présentateurs, leurs déblatérations ineptes et leurs mensonges ignobles sur des gens qu'ils n'avaient jamais vus et des produits qu'ils n'avaient jamais utilisés. Qui applaudissaient les majorettes en trouvant qu'elles étaient « mignonnes », qu'elles faisaient partie du spectacle sportif « propre et viril » que des crétins lourdauds fournissaient en flanquant des coups de pied, en s'empoignant, en se tapant dessus. Qui braillaient des syllabes insensées au commandement des hurleuses-en-chef sans avoir la moindre idée de ce qu'était une ovation ou un chef. Qui obéissaient sans discuter aux rugissements gutturaux de ces parodies d'orgueil qui marchaient au pas de l'oie, et qui les faisaient marcher, eux aussi, vers le jugement dernier.

La parade n'avait pas de fin.

Mais il pouvait y mettre fin.

Pendant un instant fugace il éprouva l'impression d'une similitude symbolique entre tous ceux qu'il évoquait ; chacun d'eux était, d'une certaine façon, une image d'autorité. Si c'était le cas, ça ne faisait qu'intensifier son impulsion.

Il y réfléchit tandis qu'il tendait la main vers la boîte à gants pour y prendre une poignée de mouchoirs en papier et essuyait soigneusement les instruments du tableau de bord, le volant, le rétroviseur. Fourrant les vêtements qu'il avait ôtés dans les emballages qui avaient contenu les neufs, il mit le paquet sous son bras et sortit de la voiture. Une nouvelle fois, il utilisa les mouchoirs en papier pour essuyer les poignées de portières.

Scrutant la rue à travers les buissons, il attendit qu'aucun véhicule ne soit en vue, puis prit pied sur le trottoir et s'éloigna. Quand il atteignit le carrefour, il tourna et s'engagea dans une rue latérale. Ayant longé la moitié du pâté de maisons, il s'arrêta devant l'une des poubelles alignées au-dehors pour qu'on les vide. Il jeta un nouveau regard circulaire, s'assura qu'il n'y avait pas de circulation, personne pour l'observer. Puis il souleva le couvercle du récipient, y laissa tomber le paquet de vêtements enveloppés, le recouvrit de vieux journaux. Une tâche infecte, mais la fin justifie les moyens, si dégradants soient-ils.

Se détournant, il descendit la rue. Il devait y avoir un café quelque part vers le carrefour. Après avoir mangé, il devrait trouver une autre voiture, rôder dans les ruelles derrière les magasins, là où se garaient les employés et les commerçants : il finirait bien par repérer un véhicule dont le propriétaire insouciant aurait laissé la clé sur le contact. Encore un exercice avilissant, mais il lui fallait encore considérer la fin qu'il poursuivait. La fin qu'il donnerait à autrui.

Quelle était l'exaspérante insanité à laquelle se cramponnaient les hippies ? *Le style de vie.* Prétentieuse formule pour qualifier une existence crasseuse, irresponsable et vide, sans aucun style.

Il était différent. Son style de vie était la mort.

Tu ne tueras point.

Le commandement de Dieu. Mais nul n'en tenait vraiment compte, ni ne tenait compte de Lui. Pas vu l'état dans lequel le monde se trouvait. Si Dieu se présentait pour être réélu sur ses résultats, il serait battu.

Tuer, c'était facile. Tout le monde sait ça. La main écrase la mouche, le pied aplatit l'insecte.

Avec certaines gens, les choses s'arrêtent là. Mais d'autres vont plus loin. La fermière qui tord le cou des poulets. Les travailleurs des abattoirs, assommant les bœufs, égorgeant les cochons aux piaillements perçants.

Le pas suivant, bien sûr, c'était la guerre. Mais il ne voulait pas penser à ça. Le massacre des innocents.

Mieux valait penser à la juste extermination des coupables. C'était une pièce, après tout ; une pièce morale, une pièce passionnée.

Passion. Le ver remua, lui rongea l'aine.

Brusquement, sans raison, il se rappela la classe de biologie, au collège, et la dissection d'une grenouille. Il voyait le ventre blanc décoloré de la créature, ses membres écartés, tandis qu'elle se tortillait sous le couteau qui l'empalait.

Et puis la table devint un lit, et la grenouille se changea en Prince — non, en Princesse. Une fille à la peau blanche décolorée, les jambes écartées, se tortillant sous un autre pal.

Il savait qui était la fille, bien sûr.

Et il allait la voir, ce jour-même.

17

Quand Karen acheva de s'habiller et sortit dans le salon, elle fut surprise d'y trouver assis Tom Doyle.

— Je pensais ne pas vous revoir avant cet après-midi, dit-elle.

— Quelqu'un au Q. G. a flanqué la pagaille dans les affectations. (Doyle secoua la tête.) L'homme qui devait prendre la relève n'est pas venu. On m'a appelé et on m'a demandé d'échanger mon tour de garde avec lui, je suis venu et j'ai relevé Lubeck.

— Il est parti ?

— Il y a une heure environ. Vous étiez encore en train de dormir. Il n'y avait pas lieu de vous déranger. Je me suis dit que vous en aviez besoin, de ce repos.

Karen hocha la tête. Elle se dirigea vers la cuisine.

— Envie de manger quelque chose ?

— Une tasse de café ne me ferait pas de mal.

— On y va.

Karen mit la cafetière en train, puis se fit un œuf sur le plat, mit deux tranches dans le grille-pain et sortit le jus d'orange du réfrigérateur. La routine était automatique et rassurante, en quelque sorte. En mettant la table, elle pouvait presque se convaincre que c'était un jour comme les autres.

Doyle l'observait de la porte de la cuisine.

— Vous avez l'air mieux ce matin.

— Je me sens mieux.

C'était vrai. Après le premier cauchemar, Karen ne se rappelait plus rien. Elle avait dormi pour de bon.

Le café montait. Karen remplit deux tasses, sortit le lait, retourna l'œuf, le déposa sur une assiette au moment où les toasts sortaient du grille-pain. La chorégraphie de l'habitude, toutes choses parfaitement minutées. Elle porta son petit déjeuner sur la table tandis que Doyle prenait place en face d'elle.

Le goût des toasts et du jus d'orange était rassurant, et de même la vue du soleil du matin qui filtrait à travers les stores. Puis elle se rappela quelque chose et esquissa un mouvement pour se lever. Doyle leva les yeux.

— Oublié quelque chose ?

— Le journal. On le dépose devant la porte.

— Je l'ai rentré.

— Où est-il ?

— S'il vous plaît, madame Raymond... Asseyez-vous. (Doyle bougea avec gêne sur son siège.) Avant que vous regardiez, nous ferions peut-être mieux de parler de cette nuit.

Karen se laissa retomber sur sa chaise.

— Que s'est-il passé ?

Elle tendit la main pour prendre sa tasse de café, mais elle ne but pas. Parce que Doyle lui raconta. D'une voix douce, comme si son ton pouvait atténuer le poids des mots. Jack Lorch, Edna Drexel, Tony Rodell. Trois d'entre eux : trois de plus, pendant qu'elle dormait.

— Oh, mon Dieu, dit-elle. Qu'est-ce que vous allez faire ?

— Notre possible. Les services du shérif et la police d'état travaillent avec nous. (Doyle hésita.) S'il y avait seulement un moyen de joindre votre mari...

— Je vous dis que je ne sais pas où il est ! (Karen entendait à peine le son de sa propre voix, à cause du battement dans ses tempes.) Ne croyez-vous pas que je tiens à le retrouver, ne croyez-vous pas que j'en ai assez de me faire du souci pour ça ? Je ne suis pas la police, jeta-t-elle en se levant. Qu'attendez-vous de moi ?

— Seulement votre collaboration. (Un instant, la voix de Tom Doyle eut un soupçon d'hostilité. Puis il secoua la tête d'un air malheureux.) Nous faisons de notre mieux, mais nous avons si peu de choses pour démarrer...

— Je sais.

Karen se laissa retomber. Et quelque chose en elle lui dit : *tu ferais peut-être mieux de parler.*

Doyle l'observait.

— Vous vous sentez bien ?

— Bien sûr.

D'un autre côté quel bien cela ferait-il s'il savait ? Tout ce qu'elle dirait ne pourrait que nuire à Bruce, et elle ne pouvait pas s'y prêter. Peu importait ce qui arriverait, elle ne pouvait pas.

— Ecoutez, dit Doyle. Vous n'êtes pas obligée d'aller travailler aujourd'hui. Après ce qui s'est passé cette nuit, vous feriez peut-être mieux d'aller au central. On vous affectera une auxiliaire féminine, mais on ne vous mettra pas dans une cellule. C'est seulement une question de sécurité...

Karen secoua la tête.

— J'ai dit à mon patron à l'agence que je venais. C'est ce que j'ai l'intention de faire.

Et elle le fit, assise en silence auprès de Doyle tandis qu'il se traînait sur la voie express surchargée, abrité par un pare-soleil de l'éblouissante lumière.

Pendant que Doyle téléphonait pour rendre compte avant de partir, Karen avait réussi à jeter un coup d'œil sur le journal — seulement la manchette et une partie de l'article de tête, mais ce fut assez. Pire que les meurtres Sharon Tate-La Bianca, pire que tout. Pas étonnant que la panique règne. Et pourtant...

Et pourtant ces gens sur l'autoroute entraient à flots dans la ville. Elle jeta un coup d'œil aux occupants des voitures, alentour. Un homme d'âge mûr dans une Oldsmobile neuve et étincelante ; sa radio diffusait en sourdine les nouvelles matinales du marché financier. Une jeune mère dans un modèle compact bondé de gosses, manifestement en route vers les délices de Disneyland. Une grosse bonne femme en break, qui se rendait sans doute dans un salon de beauté, mais vingt ans trop tard. Un beau jeune Noir qui conduisait une Triomph décapotée ; son diffuseur de tableau de bord déversait avec une force explosive les déclamations matinales de Freddy le Marrant et le Hit Parade des Quarante.

Les affaires continuaient. Les plaisirs continuaient. Même pare-chocs contre pare-chocs, la vie continuait. Un crâne d'homme éclatait dans un éclaboussement de sang et de whisky, mais on continuait à calculer l'indice Dow-Jones sur les ordinateurs. Une femme hurlait sans un son sous l'eau et des mômes se dirigeaient vers la Promenade en Sous-Marin et les délicieux périls en trompe-l'œil de la Maison Hantée. Un jeune homme était mis en pièces par des chiens grondants, son corps déchiré, ses mains en lambeaux, et une vieille femme se demandait combien elle donnerait de pourboire à sa manucure. Et les cris et les plaintes et les grondements étaient tous submergés par la voix joyeuse de Freddy le Marrant. Peut-être ces gens portaient-ils la peur en eux, la peur avec ses gémissements et ses mises en garde, mais ils tournaient le bouton et, à la place, écoutaient le Hit Parade.

Que pouvaient-ils faire d'autre ? Et que pouvait-elle faire d'autre avec la peur qu'elle ressentait ? Aller travailler, voilà tout. Prétendre, comme tous les autres, que c'était un jour comme les autres et que la nuit ne viendrait jamais.

Ils tournèrent dans la voie express du Port et prirent une des rampes de sortie accédant au dédale commercial du centre de la ville.

— C'est ça votre immeuble ? demanda Doyle, et elle hocha la tête.

Il obliqua vers le trottoir. Le sort d'un policier n'est pas un sort heureux, mais au moins il n'a pas à s'en faire pour trouver une place de stationnement.

En montant en ascenseur avec Doyle, elle eut un mauvais moment. Les muscles de son ventre se contractèrent d'une façon qui n'avait rien à voir avec le flottement du mouvement ascensionnel. *Ça vous prend là.* Encore une de ces stupides formules-choc qu'elle détestait, parce qu'en l'utilisant à tous bouts de champ on en aplatissait totalement le sens, mais elle comprenait à présent le concept initial. Il y avait une boule dans son ventre, une boule dure et froide qui se lovait autour de ses viscères, une boule de peur. Pas la peur de tourner le dos à un tueur invisible, mais la peur de faire face aux gens qu'elle connaissait. Les gens qui la connaissaient, et qui devaient savoir, maintenant, au sujet de Bruce.

Doyle l'observait.

— Nerveuse ? murmura-t-il.

Karen passa sa langue sur ses lèvres sèches, secoua vivement la tête. Elle aurait voulu qu'il cesse de la regarder, qu'il cesse de lui demander si elle se sentait bien. D'un autre côté, admit-elle, c'était son boulot.

Et celui-ci, c'est le mien.

Sortant de l'ascenseur, elle conduisit Doyle à la porte de la réception. Il l'ouvrit, la laissa passer devant lui.

La tête de Peggy surgit brusquement au-dessus de la cloison de verre du comptoir de réception.

— Oh... bonjour.

Quelque chose dans sa voix n'allait pas très bien, et quelque chose allait nettement mal dans son sourire précipité tandis qu'elle fixait les yeux, au-delà de Karen, sur Tom Doyle.

— Voici M. Doyle, dit Karen en le désignant d'un signe de tête. Il est avec...

— Oui, je sais, coupa hâtivement Peggy. On a appelé et on a dit à M. Haskane qu'il y aurait quelqu'un avec vous. Je vais lui annoncer que vous êtes là.

— Ce n'est pas la peine, commença Karen, mais Peggy se retourna et brancha une fiche de son standard.

Mais elle est plus gênée que moi ! Cette révélation frappa Karen, et quand la porte du couloir s'ouvrit et que Ed Haskane surgit, il était évident qu'il était gêné, lui aussi.

— Content de vous voir, dit-il, en accueillant la présence de Karen et la présentation de Doyle d'un geste aussi inepte et indéterminé que sa formule. Bien entendu, vous n'étiez pas obligée de venir aujourd'hui. Je vous ai dit au téléphone...

— Je voulais venir, l'interrompit Karen. (Ça allait bien, maintenant, plus de boule dans le ventre.) Inutile de laisser le travail s'empiler.

— En effet. (Haskane jeta un regard à Doyle comme Karen s'engageait dans le couloir.) Je... euh... Je suppose que vous entrez aussi?

Doyle hocha la tête et suivit Karen. Le trio enfila le corridor, dépassa les bureaux aux portes de chêne, les Moyens d'Expression, l'Art et le Rédact'Chef. Karen eut l'impression que ces portes s'ouvraient et se fermaient à un rythme plus rapide que d'habitude, mais elle n'aurait pu l'assurer. Si d'autres observaient leur trajet, c'était avec une silencieuse discrétion, et ça ne la dérangeait pas. Après tout, qu'y avait-il à voir ? Elle n'avait pas deux têtes. Peut-être la regardaient-ils simplement pour s'assurer qu'il lui en restait toujours une.

Pour cesser de penser à la question, elle se mit à parler avant qu'ils aient tourné dans le second couloir.

— Qu'est-ce qui s'est passé avec Girnbach ? Est-ce qu'ils ont approuvé le texte ?

— Oh, ça... (Haskane sourit aussitôt.) Ils ont trouvé votre truc formidable. Mais le travail artistique ne leur a pas plu. J'ai mis Frisby dessus, il a conçu quelque chose de nouveau. Bien sûr, ça signifie que nous devrons un peu rewriter, pour coller davantage au dessin...

Toujours la même histoire. Les affaires continuaient. Karen se rappela comme elle avait souvent pesté intérieurement contre ce genre d'absurdité, mais pour le moment, elle accueillait la chose avec joie. Ça lui donnait de quoi s'occuper l'esprit.

— Vous voulez me l'envoyer ? demanda-t-elle.

— Certainement, si vous vous en ressentez pour repartir dessus.

— Je suis prête.

Karen franchit la porte ouverte de son bureau exigu. Doyle entra derrière elle tandis qu'Ed Haskane hésitait dans le corridor.

— Bon, dit-il. Je vous envoie le machin. Mais si vous ne... je veux dire, si je peux faire quelque chose...

— Ne vous bilez pas, monsieur Haskane, dit Karen. Je vais bien, je vous remercie.

Haskane s'éclipsa.

Elle savait ce qu'il voulait dire ; en réalité, il avait envie de parler avec elle de ce qui s'était passé. De l'effet que ça produit d'avoir un mari en clinique, d'entrer là-bas pour découvrir...

Mais il n'allait pas poser la question directement. Il n'allait pas la poser, parce qu'elle ne lui en donnerait pas l'occasion.

Karen se retourna et ôta sa veste. Le détective était debout derrière elle, intrus embarrassant dans cet espace confiné.

— Si vous vous asseyiez là ? (Karen désigna un fauteuil.) Enlevez votre veston si vous voulez.

— Ça ira très bien.

Doyle s'assit.

— Vous trouverez quelques revues dans le tiroir du haut du classeur. Surtout des journaux de mode, j'en ai bien peur, mais au moins c'est quelque chose à lire.

— Merci.

Mais Doyle ne se mit pas à lire. Et quand le coursier apporta le brouillon d'illustration et l'ancien texte de Karen agrafé en haut, il regarda la jeune femme travailler.

Il se tenait tranquille et il n'était pas dans son champ visuel, mais la seule évidence de sa présence troublait un peu Karen. Ou bien était-ce de savoir la *raison* de sa présence qui la gênait ?

Bref, elle passa une mauvaise matinée. Le nouveau brouillon était d'un style totalement différent, et la moto avait été supprimée. Ça signifiait que le slogan de tête devait être changé. Et si on le supprimait, le reste du texte devait inévitablement l'être aussi.

Elle fit trois ou quatre vaines tentatives et remplit

sa corbeille de papier chiffonné ; son contenu finit par ressembler à un amas de boules de pop-corn. Finalement, vers midi, elle parvint à obtenir ce qu'elle voulait.

Elle appela Haskane.

— Bien, dit-il. Ecoutez, j'ai un déjeuner à midi trente. Si nous voyions ça quand je rentrerai ?

— Qu'est-ce que vous dites ?

Sa voix était lointaine.

— Deux heures trente dans mon bureau, ça vous va ?

— Deux heures trente ?

— C'est ça. A tout à l'heure.

Karen raccrocha et se tourna vers Doyle.

— Le téléphone, dit-elle. Il est sur table d'écoute, n'est-ce pas ?

Doyle haussa les épaules.

— Question de prudence.

Karen ne fit pas de commentaires. Au lieu de quoi, elle saisit sa veste.

— Où est-ce que nous allons à présent ? demanda Doyle.

— Il est l'heure de déjeuner. (Karen ouvrit son sac, s'examina dans le miroir de son poudrier.) Je suppose que nous mangeons ensemble.

— Désolé, fit Doyle avec un sourire d'excuse.

— Je sais. (Karen rangea son poudrier.) Question de prudence.

Dans le couloir du palier, devant l'ascenseur, un

homme au visage rougeaud et à la moustache rousse était appuyé contre le mur ; il pliait la page petites annonces d'un journal. Il ne fit pas attention à eux jusqu'au moment où Doyle lui adressa un signe de tête.

— Nous allons déjeuner, dit-il.

L'homme leva les yeux.

— Combien de temps ?

Le regard de Doyle interrogea Karen.

— Quarante-cinq minutes. Il y a une rôtisserie en bas.

L'homme jeta un coup d'œil à sa montre.

— Je serai là, dit-il à Doyle.

Dans l'ascenseur qui descendait, le détective efflanqué s'éclaircit la gorge.

— Inutile de jouer au plus malin. A ce que je me dis, il vaut mieux que vous sachiez que nous ne plaisantions pas quand nous parlions de sécurité. Votre réceptionniste est au courant ; si quelqu'un se montre qu'elle ne reconnaît pas et qui veut entrer dans le bureau, elle en référera à l'homme de service à l'extérieur avant de le laisser passer.

— Je suppose que vous avez quelqu'un dans la rôtisserie aussi ?

— Ce n'est pas nécessaire, dans un lieu public.

— Bon. (Karen sourit.) Ça n'a donc pas d'importance si nous allons ailleurs.

— Qu'est-ce que vous avez contre la rôtisserie ?

— Trop de gens du bureau y mangent. Je crois que

je me sentirais plus à l'aise au coin de la rue. Ce n'est qu'un snack-bar, mais il n'y aura personne pour me regarder avec des yeux ronds.

— Comme vous voudrez.

Karen choisit une salade, du thé glacé et une portion de sorbet au citron. Mais quand elle et Doyle trouvèrent une table, elle toucha à peine à la nourriture.

— Je croyais que vous aviez faim, dit Doyle.

— J'avais faim. Jusqu'à ce que je voie ça...

Karen indiqua la table située immédiatement à sa droite où un homme rondouillard en veste de crépon était assis et lisait une des premières éditions du journal du soir. La manchette en gros caractères était parfaitement visible : LE TROISIEME EVADE DE L'ASILE TUE PAR DES CHIENS DROGUES.

— Est-ce vrai ? murmura Karen.

— Oui. Ils ont reçu les rapports du labo.

— Quelle horreur. (La main de Karen se coula contre le flanc du verre de thé glacé.) Tony Rodell. Je crois que j'ai entendu certains de ses disques. Je ne savais pas du tout qu'il était dans cette clinique, lui aussi.

— Votre mari n'en a pas parlé ?

— Je vous l'ai dit, je n'ai pas vu Bruce pendant qu'il était là-bas.

— C'est vrai, j'oubliais.

Doyle prit une bouchée de son sandwich au jambon. Karen relâcha son étreinte sur le verre, mais l'impression de froid glacial persista.

— Je n'arrête pas de penser à ce garçon. Quel genre d'être a pu lui faire une chose pareille ?

Doyle mâcha, avala.

— Ça dépend.

— Je sais que c'est une question idiote. (Karen hocha la tête.) Toutes sortes de gens commettent des meurtres... Je suppose que vous en avez vu des tas.

— Quelques-uns. (Doyle fit usage de sa serviette, la posa sur la table.) Non, ce n'est pas ça. J'en ai probablement vu des quantités. Et vous aussi.

— Qu'est-ce que vous voulez dire ?

— D'après les statistiques, moins de la moitié des homicides commis aux Etats-Unis sont suivis d'arrestations. Et seul un faible pourcentage des gens que l'on arrête sont effectivement reconnus coupables et condamnés.

— Mais on lit tant d'articles sur les enquêtes criminelles scientifiques...

— Bien sûr qu'on en lit. Et nous avons des labos, des techniciens, toutes sortes d'appareils biscornus. Ça marche quelquefois. Et quand ça marche, tout le monde se rengorge. (Le sourire de Doyle était amer.) Mais je vais vous dire les choses comme elles sont. Dans plus de quatre-vingt-dix pour cent des cas d'homicide qui sont résolus, le coupable, on le livre à la police sur un plateau d'argent.

— Qu'est-ce que vous voulez dire ?

— Ou bien il vient se livrer, ou bien quelqu'un le dénonce.

— Un mouchard ?

Doyle hocha la tête.

— C'est à ce moment-là que le vrai travail de police commence généralement : réunir des preuves pour confondre le coupable. Mais il faut d'abord avoir quelqu'un à arrêter. Et neuf fois sur dix, ça se produit parce que quelqu'un nous tuyaute. (Doyle observait Karen.) Je ne parle pas d'un indicateur professionnel ni même d'un témoin oculaire. La plupart du temps, c'est un proche... un ami, un membre de la famille qui sait, ou qui soupçonne. D'abord, ils ont habituellement tendance à tenir leur langue, mais au bout d'un moment, quand ils ont eu le temps d'y réfléchir, ils se rendent compte qu'il faut qu'ils parlent. C'est de leur devoir d'empêcher qu'une chose pareille se reproduise, si vous me suivez.

— Je vous suis. (Karen le regardait fixement.) Jusqu'au bout, mais pas plus loin. Si vous vous attendez à ce que je vous dise que oui, que Bruce est coupable, laissez tomber. Pas parce qu'il est mon mari, mais parce que je ne sais pas. Est-ce que vous comprenez ça ? Je ne sais pas !

— Madame Raymond...

Karen se leva.

— Il est l'heure de retourner au bureau, fit-elle.

Et ce fut la dernière chose qu'elle lui dit jusqu'au moment où ils furent de retour dans sa petite cabine du dixième étage. Là, elle ramassa le croquis et son texte et se dirigea vers le couloir.

— Il est l'heure de voir mon patron, lui dit-elle. Son bureau est dans l'autre couloir, après le coin.

— Je vous accompagne.

— Comme vous voulez.

Elle décrocha le téléphone et annonça à Haskane qu'elle arrivait.

Doyle la suivit en silence jusqu'à la porte du bureau de Haskane.

— Allez-y, dit-il. J'attendrai dehors. (Il lui ouvrit la porte.) Ecoutez, je regrette d'avoir eu l'air de vous demander ça. Je ne voulais pas dire...

— Je sais ce que vous vouliez dire.

Karen passa devant lui et ferma la porte derrière elle.

Ed Haskane était à son bureau. Il leva les yeux et ouvrit la bouche, mais Karen le battit au poteau.

— Je vais toujours bien, dit-elle en étalant devant lui sur le bureau le croquis et la feuille dactylographiée qui y était fixée. Et je crois que le texte va bien, lui aussi.

Quels que soient ses problèmes, Haskane avait toute sa vie été amoureux du langage ; c'était son intérêt pour la sémantique qui avait fait de lui un rédacteur en chef. La vue d'un mot dactylographié ou imprimé suffisait à lui mettre l'eau à la bouche, et elle perçut qu'il salivait tandis qu'il reportait son attention sur ce qu'elle lui présentait.

— Heu-euh... oui... je crois que ça marche. (Il leva les yeux, se frotta la joue.) Juste une chose, votre slogan de tête. Les mômes saisiront, mais qu'est-ce que ça signifie pour le public ordinaire, « *Effacez les Copains* » ?

— Je n'y avais pas pensé de cette façon-là. (Karen fronça les sourcils.)

— Eh bien, peut-être que vous pouvez raccrocher l'expression quelque part dans le texte, après le paragraphe de tête. (Haskane se leva.) Excusez-moi une minute, s'il vous plaît. Comme nous disons au Mexique, il faut que j'aille aux toilettes.

Il disparut dans son lavabo privé et ferma la porte. Il faisait chaud dans le bureau, malgré l'air conditionné, mais une nouvelle fois Karen éprouva soudain la sensation de froid glacial qui l'avait assaillie quand elle avait appris comment Tony Rodell était mort. *Effacez les copains.* Rien qu'une formule rituelle, une hyperbole pour adolescents. Mais Haskane avait raison. Pour les générations plus âgées, plus conventionnelles, il y avait une autre signification. Et c'était *cette* signification qui lui avait inconsciemment imposé cette formule quand elle rédigeait le texte ce matin. Effacer. Détruire. Annihiler. Tuer.

Un voyant clignota sur la base du téléphone de Haskane. Elle décrocha automatiquement le combiné et la force de l'habitude modula sa voix.

— Le bureau de M. Haskane.

— *Karen.*

Elle ne dit rien. Elle ne pouvait pas.

— *Karen... tu sais qui est à l'appareil ?*

— Oui.

— *J'ai demandé qu'on me passe ton poste, mais ils m'ont branché ici. Est-ce que tu es seule ?*

— Pour un instant.

— *Ecoute, alors. A quelle heure est ta pause-café de l'après-midi ?*

— Quatre heures.

— *Bon. Je t'attendrai. En haut, sur le toit.*

— Je... je ne sais pas si je pourrai me libérer.

— *Il le faut. Je dois te parler. C'est peut-être la seule chance.*

Karen entendit le bruit étouffé de la chasse d'eau derrière la porte proche.

— Où es-tu ? murmura Karen.

— *A quatre heures sur le toit,* chuchota la voix.

Puis elle ne fut plus là.

18

Quand Karen quitta le bureau de Haskane, elle trouva Doyle qui l'attendait dans le couloir où elle l'avait laissé.

— Tout va bien ? demanda-t-il.

Karen en avait assez de cette question ; elle en était écœurée ; elle l'avait si souvent entendue pendant les deux derniers jours ; c'était tout aussi dépourvu de signification que la démonstration de sollicitude qui l'accompagnait. Personne ne désirait vraiment entendre une réponse, pas plus que lorsqu'ils demandaient : « Comment allez-vous ? » Doyle, entre tous, savait certainement que tout était loin de bien aller pour Karen, et il ne s'en souciait pas vraiment. Il était tout bonnement en mission et n'exigeait que l'assurance qu'elle ne lui causerait pas de problèmes immédiats.

Elle eut envie de lui dire que les choses n'auraient guère pu être pires. Mais son but actuel lui interdisait d'éveiller la gêne de l'homme ou ses soupçons.

Karen hocha donc la tête, et ils revinrent sur leurs pas vers son petit bureau, passé le coin.

— Je peux téléphoner ? demanda Doyle.

— Allez-y.

Doyle appela pour rendre compte tandis que Karen disposait le croquis brouillonné et le texte sur son bureau, à côté de la machine à écrire. Elle prit ostensiblement un air de concentration, mais ne perdit pas un mot de ce que Doyle murmurait. La situation était bien en main, et oui, il attendrait Gordon pour dix-sept heures.

Gordon devait être l'homme chargé de relever Doyle, en conclut Karen ; il prendrait la garde suivante. Mais dix-sept heures... cela signifiait que Doyle serait encore de service auprès d'elle quand elle irait sur le toit.

Si elle allait sur le toit.

Doyle acheva sa communication et raccrocha.

— Du nouveau ? demanda-t-elle.

Il secoua la tête.

— On a retrouvé la voiture de Rodell. S'il y a autre chose, le service n'en fait pas encore état.

— Rien sur mon mari ?

— Désolé. On ne m'a pas dit.

Karen se détourna. Pas de nouvelles, bonnes nouvelles. Voire. *Si elle allait sur le toit...*

Presque trois heures, maintenant. Elle avait tout juste une heure environ pour se décider.

— Il faut que je réécrive un peu de texte, dit-elle à Doyle.

— Allez-y.

Doyle ouvrit le classeur, choisit un magazine au hasard, grimaça à la vue du modèle émacié en couverture, dont l'expression hébétée donnait à penser que la « haute couture » avait quelque chose à voir avec le fait de planer.

Karen s'assit devant sa machine et tendit la main vers le papier.

Le problème était de faire un sort à *Effacer les Copains.* Elle le résolut en un peu moins de vingt minutes, en insérant deux formules-choc également dépourvues de sens sous le premier paragraphe de son pavé de texte. Puis elle retapa lentement, se concentrant sur le vrai problème.

Le toit...

Elle ne pourrait pas tenir indéfiniment, elle le savait. Peut-être que la chose à faire était de parler tout de suite à Doyle, d'en finir. Que la police se charge de tout ; après tout, c'était son boulot. Personne n'avait engagé Karen pour qu'elle prenne des risques dans l'accomplissement du devoir. A moins que le fait en soi d'être mariée implique des devoirs.

Pas d'après le Mouvement de Libération de la Femme. Le premier devoir de la femme était envers elle-même ; le mariage dans sa forme actuelle était aussi dépassé que le concept de péché originel.

Mais pas pour Karen. Intellectuellement, elle comprenait la nécessité de l'émancipation ; émotionnellement, elle était incapable de rompre les liens qu'elle avait noués. Donc il n'y avait pas de problème, en fait. Parce qu'elle n'avait pas le choix. Il fallait qu'elle y aille parce qu'il lui fallait découvrir la vérité, une fois pour toutes. Même si ça signifiait découvrir la vérité sur elle-même, apprendre qu'elle s'était trompée.

Evidemment, si elle se trompait, elle le saurait trop tard. Mais ça n'aurait plus d'importance.

L'important, pour le moment, c'était d'atteindre le toit.

Karen regarda sa montre. Quatre heures moins le quart. Doyle feuilletait un autre journal de mode ; il se renfrogna en contemplant la dernière inspiration géniale d'Yves Saint-Laurent. Laissé à lui-même, il resterait assis jusqu'à l'arrivée de la relève à cinq heures. Mais la question était de savoir comment le laisser à lui-même. Brusquement, elle trouva la réponse.

Karen repoussa sa chaise, se leva.

Doyle abaissa le magazine.

— Où allons-nous maintenant ?

Elle saisit son sac.

— Vous, je ne sais pas, mais il y a un endroit où se refaire une beauté dans le couloir.

— Oh, bien sûr. (Il souriait.) Je vous accompagne.

— Pas plus loin que la porte. (Karen lui rendit

son sourire.) Nous sommes dans une agence très décente.

Quatre heures moins dix.

La pause-café n'était pas commencée et le corridor était désert. Les toilettes des employés se trouvaient après le coin, perpendiculaires au tronçon de couloir qui menait à l'entrée. Karen s'immobilisa devant la la porte marquée *Dames,* jeta un regard à Tom Doyle tandis que sa main se resserrait sur son sac.

— J'en ai sans doute pour un moment, dit-elle. Je veux me remaquiller avant le café.

— Prenez votre temps.

Karen entra dans les toilettes. Elle ne se maquilla pas et ne prit pas son temps. A l'instant où elle fut sûre que l'endroit était désert, elle le traversa tout droit et sortit par l'autre côté. Ce que Doyle ne savait pas, c'est qu'il y avait une autre porte qui donnait sur le couloir extérieur aux bureaux.

L'ayant franchie, elle se trouva dans un corridor séparé des ascenseurs par un retrait. C'était une bonne chose, parce que l'homme de garde là-bas ne pouvait pas la voir. Elle n'avait plus qu'à continuer à marcher dans la direction opposée, jusqu'à la lourde porte de métal dominée par l'inscription *Sortie.*

Elle l'ouvrit et vit l'escalier. Avec lenteur, pour éviter que ses talons claquent sur les marches de fer, elle se mit à monter. Après avoir gravi deux volées de marches, elle sentit la transpiration sur son front, mais sa bouche était sèche. Sa respiration s'accéléra, mais ce n'était pas dû à l'effort.

Quatre heures moins cinq.

Quatre heures moins cinq, et elle était sur le toit.

Seule.

Ce n'était pas la première fois que Karen effectuait la montée ; longtemps auparavant, quand elle avait débuté à l'agence, certaines des filles avaient l'habitude d'apporter leur déjeuner et de le manger là-haut en se faisant bronzer. Mais elle n'y était jamais venue seule, et depuis qu'une note de service avait circulé pour interdire cette pratique, le toit était condamné. Pas difficile de comprendre pourquoi. A part l'avancée de l'escalier à son sommet, le toit était parfaitement plat, et il n'y avait nul mur, nulle ballustrade métallique pour séparer l'absence de garde-fou du vide. Un vent fort aurait amené un net danger.

Mais il n'y avait pas de vent aujourd'hui. Seulement la chaleur brûlante. La surface du toit crissait sous ses pieds. Le soleil de l'après-midi descendait vers l'ouest sur Santa Monica, et Karen lui tourna le dos ; elle se déplaça lentement pour parcourir du regard les quartiers voilés d'ombre de la ville.

Etrange, constata-t-elle. *C'est la seule fois où je les ai jamais vus.* Loin au nord s'étendaient la Crescenta, La Canada, Altaneda — des noms exotiques pour ces banlieues baignées de soleil et cachées dans les collines. Elle n'était jamais allée dans aucune d'elles. Un peu plus près, émergeant du smog de Glendale, Forest Lawn.

Karen tourna le dos au spectacle, scrutant Boyle Heights et Los Angeles Est au-delà, puis, vers le sud, Watts. Encore une fois, ce n'étaient guère pour elle que des noms ; des noms liés à la pauvreté et à la révolte. Des endroits pas agréables à habiter, bien que la majeure partie de la population de la ville y soit concentrée. Ceux qui pouvaient choisir vivaient à l'ouest du centre ; quand ils parlaient de Los Angeles, il s'agissait en fait de Hollywood, Beverly Hills, Brentwood ou même Malibu. S'ils devaient se diriger vers l'est et le sud, ils traversaient par l'autoroute, franchissaient les réalités en trombe, filaient vers une destination illusoire, Knott's Berry Farm, les Jardins Japonais. Mais tout le temps, un million de gens transpiraient et souffraient dans les taudis décolorés par le soleil.

Pas étonnant qu'il y ait là haine et hostilité. La menace omniprésente de l'émeute. On parlait du climat de violence et on discutait de ses composantes ; certains disaient que c'était à cause de la guerre et d'autres en rendaient responsables les jouets guerriers ; certains accusaient l'extrême droite, d'autres l'extrême gauche. Mais sur ce toit, le climat réel de violence était parfaitement apparent ; c'était le climat de chaleur humide et d'odeurs aigres qui enveloppait les ghettos.

Quatre heures.

Karen se retourna vers le palier de l'escalier. Le toit était toujours vide. Vide et tranquille.

Que s'était-il passé ?

Pourquoi ne venait-il pas ?

Elle plissa les paupières dans le soleil et la transpiration ruissela au coin de ses yeux. Chaud. Trop chaud. Le climat de violence...

Elle dut se détourner. Un nuage glissa devant le soleil et une minuscule brise se leva. Avec gratitude, elle s'avança vers le souffle d'air, en direction du bord est du toit.

Elle jeta un regard vers la rue ; elle vit la circulation se traîner, telle une série de jouets à clé, quatorze étages plus bas. Comme elle contemplait ce spectacle par-dessus le bord, elle éprouva une bouffée de vertige et fit un pas en arrière.

Soudain, la brise devint plus forte. Karen eut un mouvement pour se détourner.

Et la main lui empoigna le bras.

19

L'étranger était grand, ses épaules larges semblaient à l'étroit dans une veste trop petite d'une taille. Sa peau était très pâle. Pâle comme un fantôme, car c'était un fantôme.

— Bruce !

Karen le fixa en espérant que le fait de prononcer le nom ferait disparaître l'étranger, ne laissant que l'homme qu'elle se rappelait. Mais c'est long, six mois, et il n'était plus le même.

— Est-ce que quelqu'un t'a vue monter ici ? murmura-t-il.

— Non.

— Tu es sûre ?

Karen hocha la tête.

— C'est une chance que tu m'aies jointe sur la ligne de Haskane. Mon téléphone est branché sur table d'écoute. Et j'ai un détective comme garde du corps.

— Où est-il ?

Rapidement, Karen expliqua comment elle avait échappé à Doyle. Les traits tendus de Bruce se relâchèrent alors, de même que son étreinte sur le bras de Karen.

— Nous pouvons donc parler.

— Pourquoi ne m'as-tu pas jointe avant ? J'avais perdu la tête...

Karen s'interrompit, se rendant compte de la portée de sa formule. Mais Bruce se contenta de secouer la tête sans changer d'expression.

— Je me suis dit qu'ils devaient capter les appels à l'appartement.

— Mais où étais-tu ? Qu'est-ce qui s'est passé ?

— Pas le temps de t'expliquer maintenant. (Les traits de Bruce se retendirent.) S'ils se rendent compte que tu les as semés et s'ils se mettent à te chercher...

— Et alors ? (Karen s'éfforçait de garder une voix égale.) Tu ne peux pas continuer à fuir éternellement.

— Il le faut. (Les yeux de Bruce ne quittaient pas le visage de Karen.) Ils savent déjà que j'étais à la clinique. Ils vont forcément étudier mon dossier militaire et les rapports de l'hôpital. Avec ça et ce que nous savons tous deux de moi...

Il s'interrompit et son regard vacilla un instant. Puis il la fixa de nouveau, et son débit se précipita.

— As-tu dit des choses ? Leur as-tu parlé de nous ?

Karen secoua la tête.

— Bon. (Les épaules de Bruce s'affaissèrent de soulagement.) C'est ce qu'il fallait que je sache. Parce que s'ils étaient au courant, ce serait cuit, pas vrai ?

— Est-ce pour cette raison que tu voulais me voir ?

— Tu ne comprends pas, hein ? (Bruce se détourna, mais son chuchotement ne fut que trop audible.) Tu ne sais pas ce que ça signifie. Etre assis là, jour après jour. Nuit après nuit. Au bout d'un moment, les deux choses semblent se mélanger. Pas vraiment se mélanger, parce que c'est comme si la nuit avalait le jour. Et on est toujours dans les ténèbres, des ténèbres perpétuelles... un monde de ténèbres. C'est là-dedans qu'on vit, dans un monde de ténèbres, où tous les sons, toutes les ombres deviennent étranges. Et on pense à ceux qui vous ont fait cela, et ils sont vos ennemis. Puis on pense à ceux qui ne sont pas directement responsables, mais qui s'en fichent. Les gens qu'on appelle et qui n'entendent jamais votre voix... au bout d'un moment, on se rend compte que ce sont vos ennemis aussi. Tout le monde fait partie de la conspiration, une conspiration du silence et de l'indifférence. Ils essaient tous de vous avoir. Alors on se demande comment les avoir d'abord. Les punir de vous avoir puni. Et on commence à y rêver, et le rêve devient un plan, et le plan devient une réalité.

— Bruce, pour l'amour de Dieu...

— Nous ne parlons pas de Dieu à la clinique. Nous parlons de quelque chose appelé le Ça, le Moi et le Surmoi. Le Père, le Fils et le Saint-Esprit, tous également invisibles. (Son sourire était amer.) L'Evangile selon Griswold. Selon lui, il n'y a pas d'accidents. L'esprit qui fait d'un homme un meurtrier fait d'un autre homme une victime.

— Est-ce ce que tu crois ?

— Bien sûr que non. (Bruce soupira.) J'essaie seulement de te dire comment c'est, de t'expliquer comment il pense. Je le sais, parce que c'est comme ça que je sentais les choses, au début. Mais Griswold m'a aidé à changer. Le problème, c'est qu'il n'a pas pu l'aider, *lui*.

— Qui ?

— L'homme qu'ils cherchent. L'assassin.

— Comment s'appelle-t-il ?

Bruce secoua la tête.

— Si tu savais son nom, il s'attaquerait à toi. Tu veux être une victime, toi aussi ?

— Je veux t'aider.

— Alors donne-moi un peu d'argent. Que je puisse m'enfuir avant qu'il me retrouve. C'est tout ce que je veux.

— C'est tout ?

— Non. (Et alors il l'étreignit, les bras étroitement serrés, le corps tout proche, de sorte qu'elle sentit qu'il tremblait.) C'est toi que je veux, que j'ai toujours voulue, je le sais maintenant. Mais il est trop tard ; après ce qui s'est passé je ne t'en veux pas...

— Je t'aime. Je t'ai toujours aimé.

Le tremblement cessa. Ne subsista qu'une tension.

— Tu n'es même pas venue me voir là-bas.

— Griswold m'a demandé de ne pas venir. Il a dû te le dire.

— Oui. Et je ne l'ai pas cru.

— Je venais te voir, l'autre soir. Griswold avait dit que tu étais sans doute prêt à rentrer.

— Si seulement j'avais su.

Bruce la lâcha, recula.

— Tu ne savais pas ?

— Crois-tu que je serais parti avec Cromer si j'avais su ?

— Cromer... ?

— C'est bon. (Bruce prit une profonde inspiration.) L'homme qu'ils recherchent est Edmund Cromer. Il n'a jamais vraiment parlé de lui, mais d'après le peu que j'ai entendu, c'est le fils unique d'une riche famille de New York ou du New Jersey, je ne sais pas au juste. Ils l'ont fait enfermer il y a environ un an. Considérant ce qui s'est passé, je les soupçonne de l'avoir envoyé si loin parce qu'il avait peut-être été mêlé à une affaire atroce, dans l'Est.

— Etais-tu au courant de son plan d'évasion ?

— Personne n'était au courant, sauf Rodell. Et je ne crois pas que Rodell se rendait compte qu'il avait l'intention de tuer quelqu'un en filant. Mais bien sûr, Cromer avait dû tout organiser dans sa tête. Et une fois que ça a commencé, il n'y avait plus moyen que ça s'arrête.

— Comment est-ce arrivé ?

— Je ne suis pas sûr. J'étais en haut dans ma chambre après le dîner, et les autres aussi, tous sauf Cromer. Il était descendu parler au docteur Griswold. Il a dû le tuer le premier, dans la salle d'électrothérapie. Ensuite, l'infirmière de nuit, dehors. Il n'y a pas eu de bruit. C'est en sentant la fumée qui provenait des papiers qui brûlaient dans la cheminée que nous nous sommes rendu compte qu'il se passait quelque chose.

— N'y avait-il pas un infirmier de service avec vous, en haut ?

— Si... Thomas. Il jouait aux dames avec Tony Rodell dans sa chambre. J'imagine que c'était prévu, pour l'occuper, parce que Cromer n'a eu aucun mal à le dénicher quand il est entré le couteau à la main...

Bruce s'interrompit, le visage tendu.

— Inutile que je raconte ça, dit-il. Thomas était mort quand on s'est rués hors des chambres. La vieille dame, Mme Freeling, s'est écroulée dès qu'elle a vu Thomas. Cromer a dit qu'elle était morte.

— Tu ne l'as pas examinée ?

— Non. (Bruce secoua vivement la tête.) Et je n'ai pas non plus essayé d'arrêter Cromer, si c'est ce que tu te demandes. Aucun d'entre nous n'a essayé. Parce que Cromer était monté à l'étage avec le revolver du docteur Griswold et il nous tenait en respect. Nous n'avions aucun moyen de savoir que l'arme n'était pas chargée. Tout ce que nous savions, c'était que

Cromer avait commis un meurtre de sang-froid et qu'il était parfaitement capable de continuer.

« Il nous a donné le choix. Partir tout de suite avec lui dans la voiture de Griswold. Ou bien il nous laisserait derrière lui. Et il n'était pas question de nous laisser derrière vivants.

« Si nous avions eu le temps de réfléchir, peut-être que nous aurions pu nous mettre à deux ou trois et essayer de lui sauter dessus. Mais il faut que tu comprennes comment c'était... la panique, la confusion. Edna Drexel était en pleine crise de nerfs, Lorch était en état de choc. Contre Rodell et Cromer avec son arme, je n'avais aucune chance d'agir tout seul. J'imagine que nous n'avons saisi qu'une seule chose : qu'il valait mieux filer.

« Cromer nous a promis de nous emmener en ville. Avant que nous partions en voiture, il a donné le revolver à Rodell et lui a dit de s'en servir si quelqu'un bougeait. Puis il a pris l'autoroute jusqu'à Sherman Oaks. Il a quitté la voiture en disant qu'il reviendrait dans quelques minutes, et Rodell est resté avec le revolver. C'est à ce moment-là que j'ai agi. Je lui ai pris l'arme, mais pendant que nous luttions, les autres se sont sauvés. Après avoir assommé Tony, je me suis aperçu que le revolver était vide, mais je n'avais aucun moyen de savoir où était allé Cromer, ni s'il reviendrait vraiment. Et s'il revenait, peut-être aurait-il une autre arme. Ce que j'ai voulu faire, bien sûr, c'est partir avec la voiture ; mais

Cromer avait emporté les clés. (La voix de Bruce ne fut plus qu'un murmure.) Alors, je me suis enfui.

— Je comprends. (Karen lui posa la main sur le bras.) Mais tu n'as plus besoin de t'enfuir.

Le sourire de Bruce était blême.

— Tu veux dire que tu me crois ?

— Bien sûr que oui !

— Tu n'es pas la police.

— Bruce, il faut que tu leur parles. Si tu leur répétais ce que tu m'as dit...

— A quoi est-ce que ça servirait ? Je suis leur suspect numéro Un. Ils ne me croiront pas sur parole, à moins que je puisse fournir une preuve.

— Eh bien, collabore avec eux, aide la police à retrouver cet homme, ce Cromer. Tu sais à quoi il ressemble, tu peux leur donner un signalement.

— Bien sûr que je peux. (Bruce haussa les épaules.) Mais ça ne signifie pas qu'ils me croiront. (Il fixa Karen et le pâle sourire devint sinistre.) Peut-être qu'il n'y a pas d'Edmund Cromer. Peut-être que j'ai tout inventé.

— Mais non ! Je le sais... et je peux le prouver.

— Comment ?

Rapidement, Karen raconta son épreuve dans l'appartement, quand elle avait découvert la tentative faite pour forcer la fenêtre de la salle de bains.

Les yeux de Bruce s'étrécirent.

— Ils ne sont pas au courant de ça ?

— Je ne voulais pas qu'ils sachent. Mais je peux

leur dire à présent. Et je peux leur montrer les traces, là où il a essayé de s'introduire.

— Ils pourraient dire que c'est une coïncidence. Ou que tu as arrangé les traces toi-même.

— Toi et moi, nous savons que non. (Les doigts de Karen se resserrèrent involontairement sur le bras de son mari.) Ne comprends-tu pas ? Quelqu'un essayait de m'atteindre. Et il est toujours dans la nature. Et s'il décide d'essayer encore ? Je ne puis être en sécurité si tu ne m'aides pas...

Bruce hésita, un instant seulement.

— Bien. Que veux-tu que je fasse ?

— Ce détective qui me protège... Tom Doyle. Il faut que tu lui parles.

— Et son compagnon, celui qui se tient sur le palier à l'extérieur du bureau, comme tu m'as dit ?

— Il ne sait rien de ça, aucun des deux ne sait rien. Ils ne savent même pas que je suis partie.

— Et alors, à ton avis, que va-t-il se passer s'il te voit arriver de nulle part avec un inconnu ? (Bruce secoua la tête.) De la façon dont vont les choses à présent, ils ont tous la gâchette facile. Je ne vais pas prendre ce genre de risque.

— Je ne connais pas l'homme qui est dehors, mais Doyle n'est pas comme ça. Tu peux lui faire confiance.

— Qu'il me fasse confiance, alors. (La voix de Bruce était tendue.) Si tu veux que je parle à Doyle, dis-lui de venir ici. Et dis-lui de venir seul.

20

— Lui faire confiance ? dit Doyle. Après le tour que vous venez de me jouer ? Je ne vous fais confiance ni à l'un ni à l'autre.

Karen affrontait le détective dans le couloir, devant les toilettes.

— Je suis désolée. C'est la seule façon.

— Non. Je vais tout de suite passer un coup de fil. Dans cinq minutes, cet immeuble sera encerclé. Si quelqu'un monte sur ce toit, il y aura toute une section pour l'appuyer. On ne prend plus de risques.

— Et les risques que Bruce court ? (Karen s'efforçait de garder un ton égal.) Ne comprenez-vous pas par quoi il est passé les deux derniers jours ? Il a été malade, vous le savez. On ne peut savoir ce qu'il fera s'il croit qu'il a été trahi. Je lui ai donné ma parole.

— Je sais, murmura Doyle. Mais vous l'avez dit vous-même, on ne peut pas savoir ce qu'il fera s'il se sent menacé.

— Il ne sera pas menacé, si vous y allez seul. Je l'ai fait et il ne m'a pas fait de mal. Il n'a pas d'arme. (Les mots venaient vivement à Karen.) Ecoutez, il est le seul à pouvoir vous dire ce qui s'est réellement passé. Il était là-bas, il a vu. Il veut vous aider. Mais il faut que vous lui donniez une chance.

Doyle lui prit le bras.

— Venez avec moi.

Il la conduisit le long du couloir, au-delà du coin et jusqu'au palier où s'arrêtait l'ascenseur. L'homme à la moustache rousse était toujours appuyé au mur, son journal sous le bras. Doyle se dirigea vers lui.

— Bon, Harry, dit-il.

L'homme leva les yeux.

— Harry, voici Mme Raymond. Madame Raymond, Harry Forbes. (Doyle ne leur laissa pas le temps de se faire des politesses.) Ecoute-moi maintenant. Il vient de se produire quelque chose...

Forbes écouta, hocha plusieurs fois la tête.

— Bon, dit-il. Tu montes sur le toit. Je ramène Mme Raymond dans son bureau et je garde un œil sur elle. (Il hésita.) Pour ce qui est de tenir la position dehors, qu'est-ce qu'on fait ?

— En entrant, dis à la fille de la réception de ne laisser entrer personne, et je dis bien absolument personne, sous aucun prétexte, tant que je ne le lui aurai pas permis. Si des gens se présentent il faudra qu'ils attendent. Ah, et encore une chose.

Doyle se détacha de Karen pour s'approcher de

Forbes et sa voix se réduisit à un chuchotement. Forbes hocha encore la tête.

— Vu. (Il rejoignit Karen.) Venez avec moi, je vous prie.

Karen se détourna pour regarder Doyle, mais il était déjà en train d'appuyer sur le bouton MONTEE voisin de la porte des ascenseurs.

— Je vous en prie, lança-t-elle. Rappelez-vous ce que je vous ai dit. Il est dans un sale état...

— Ne vous bilez pas.

Karen aperçut le profil de son sourire comme la porte de l'ascenseur s'ouvrait. Il prit pied dans la cabine.

— Allons-y. (Forbes lui tenait la porte du bureau.)

Dès qu'elle entra, il la dépassa pour s'adresser à Peggy au comptoir de réception. Il montra sa plaque et répéta les instructions de Doyle. Peggy hocha la tête, puis jeta un coup d'œil vers Karen par-dessus l'épaule de l'homme. Elle semblait sur le point de parler, mais Forbes ne lui en laissa pas le temps ; prenant le bras de Karen, il la conduisit à la porte du couloir.

Une fois à l'intérieur, il se hâta d'avancer dans le corridor avec elle.

— Qu'est-ce qui vous presse ? dit Karen.

— Faut que je passe un coup de fil.

Et quand ils atteignirent la cabine de Karen, après l'angle, ce fut ce qu'il fit.

En écoutant, Karen eut une impression d'engourdissement. Elle comprenait ce qui se passait. *Il a menti. Il m'a trahie.*

Mais Doyle n'avait pas menti, puisqu'il ne lui avait pas fait la moindre promesse. Et ce n'était pas une trahison mais seulement un compromis. Il était monté seul sur le toit, comme elle le lui avait dit. Mais il avait aussi donné des instructions à Forbes pour que celui-ci appelle une section en renfort. *On ne prend plus de risques.* Mais dans ce cas, pourquoi n'avait-il pas attendu que les renforts arrivent ? La réponse était évidente ; il voulait s'assurer que Bruce n'aurait pas le temps de s'enfuir.

Forbes se tourna alors vers elle, le téléphone à la main.

— Madame Raymond ?

— Oui...

— Je voudrais que vous me donniez un signalement de votre mari. Son apparence physique, ce qu'il porte.

Bien sûr. Juste au cas où il essaierait *bel et bien* de s'enfuir. La première impulsion de Karen en colère fut de lui dire d'aller se faire fiche, mais à quoi ça servirait-il ? Doyle allait convaincre Bruce de descendre, de toute façon. D'ailleurs, elle avait déjà donné son signalement au sergent Cole, à la clinique.

Elle apprit donc à Forbes ce qu'il voulait savoir, et il le répéta, point par point, dans le combiné.

— Taille, 1,87 m. Poids, 80 kilos. Yeux, gris.

Teint, clair. Veste bleue, pantalon gris. Chemise à rayures bleues et blanches, pas de cravate...

Voilà comment ça finit, pensa Karen. *Pas de barouf, même pas un pleur. Ils le ramassent, ils l'interrogent et puis...*

Et puis quoi ?

Elle avait dit à Bruce qu'ils le croiraient, que son témoignage les aiderait à retrouver l'assassin. Mais s'ils étaient déjà convaincus qu'il était coupable ?

Pas de réponse à cette question. Si Bruce était innocent, et si la police pensait autrement, alors elle-même l'aurait trahi. Et s'il était réellement coupable, le conseil qu'elle avait donné était aussi une trahison. D'une façon ou d'une autre, se dit-elle, il ne pouvait rien arriver de pire.

Mais elle se trompait.

Ce qui se passa ensuite arriva très vite.

Forbes acheva sa conversation au téléphone. Il fit un mouvement pour se retourner vers Karen, puis leva les yeux, regarda derrière elle. Karen suivit la direction de son regard fixe, par-delà la porte ouverte.

Il y eut soudain l'écho d'un bruit lointain dans le couloir ; des murmures excités, le claquement rapide de pas pressés.

Et Ed Haskane apparut, les yeux écarquillés ; il remuait les lèvres.

Forbes le fixa.

— Qu'est-ce que c'est ?

— Vous feriez mieux de venir...

— Où ?

Mais Haskane s'était déjà retourné et repartait en trébuchant.

Forbes se leva, fit signe à Karen. Ensemble, ils sortirent dans le couloir. Haskane avait déjà tourné le coin du corridor quand ils le rattrapèrent.

— Dites-moi ce qui s'est passé, dit le détective.

— Je vais vous montrer.

La réponse de Haskane fut presque noyée par le tumulte confus qui provenait d'au-delà de l'extrémité du couloir.

— Où ?

— La fenêtre...

La fenêtre était située dans le bureau extérieur, dans le mur le plus éloigné, derrière le comptoir de réception de Peggy. Elle était ouverte, et Peggy se tenait devant, au milieu d'un groupe excité d'employés de l'agence. Tous regardaient en bas, et quand Forbes se fraya un passage, lui et Karen regardèrent en bas, eux aussi.

Il y avait un corps étendu dans la rue.

21

Un instant, la vue de Karen se brouilla. Elle se mit à vaciller ; puis elle sentit Forbes lui saisir le bras.

— Allons-y, dit-il.

— En bas ? Non... Je ne peux pas...

— Vous allez venir avec moi.

Elle sentit la pression de ses doigts tandis qu'ils se retournaient et s'écartaient de la fenêtre, et cela était réel. Mais quitter le bureau ne fut pas réel, et la descente en ascenseur fut comme un flottement ; tout était désorienté comme ça doit l'être dans une chute libre.

Chute libre. Le corps tombant du haut du toit, s'aplatissant dans la rue. *Bruce...*

La circulation avait stoppé, les voitures étaient serrées les unes contre les autres, les klaxons cornaient. Une foule faisait cercle sur le trottoir, retenue au bord par un cordon hâtivement formé de policiers en uniforme. Karen eut vaguement conscience que des sirènes hurlaient au loin, se rendit plus ou moins compte que des voitures de police, dans un hurlement de pneus, un grincement de freins, se frayaient un passage au carrefour proche, suivies par une ambulance. Mais rien de tout cela non plus n'était réel. La seule réalité, c'était ce qui s'était écrasé sur la chaussée, étendu face contre terre comme une poupée brisée, les membres tordus en des angles grotesques.

Elle ne voulait pas regarder, mais il le fallait. Parce que ce n'était pas une poupée. C'était réel, et elle vit les vêtements familiers, les cheveux, elle reconnut tout. Ce n'était pas une poupée. Ce n'était pas Bruce.

— Doyle ! dit Forbes. Oh, Seigneur !...

Un instant, la bouffée de soulagement fut si intense qu'elle eut envie de crier. Au lieu de quoi elle hoqueta.

Le son de sa voix se perdit dans le tumulte. Les gens derrière elle jouaient des coudes sur le trottoir ; quelqu'un heurta Karen dans le dos, mais elle ne ressentit que vaguement le coup. Un groupe d'hommes se détacha d'une voiture de police qui avait stoppé contre le trottoir et traversa, et elle vit que l'homme de tête était le lieutenant Barringer.

Forbes aussi le vit.

— Attendez ici, dit-il. Je reviens.

Il n'avait pas besoin de lui donner des ordres, parce qu'elle n'avait nulle part où aller. Fuir ne servirait à rien, après ce qui s'était passé ; rien ne servirait à rien. Tout ce qu'elle pouvait faire, c'était d'attendre.

Karen regarda Forbes s'approcher du lieutenant Barringer. Elle vit Barringer lever les yeux quand Forbes la désigna ; puis, un instant, sa vision fut masquée par les infirmiers de l'ambulance qui s'avançaient avec leur civière.

Elle se détourna, elle ne voulait pas voir ce qui se passait tandis qu'ils se penchaient sur le cadavre disloqué de Tom Doyle. Mais les gens autour d'elle ne se détournèrent pas, et elle entendit leurs murmures catastrophés.

Puis Forbes fut de nouveau à son côté ; il prit son bras.

Karen fronça les sourcils à son adresse.

— Où allons-nous ?

— Le lieutenant Barringer veut que vous attendiez dans le bureau. Il envoie quelqu'un là-haut prendre votre déclaration. Le sergent Gordon, paraît-il. Il vous rejoindra.

— Qu'est-ce qu'ils vont faire ?

— Barringer n'a pas dit. Gordon aura des instructions quand vous le verrez. (Forbes haussa les épaules.) Pour le moment, il faut que nous dégagions les rues. Un foutu gâchis pour une heure de pointe.

Un foutu gâchis, mais le principal problème est de dégager les rues pour que tous les Papas soient à l'heure pour le dîner. Karen secoua la tête. Mais Forbes avait raison, bien sûr. Ce sont les vivants qu'il faut prendre en considération ; les morts n'ont aucun problème.

— Allez, dégagez... Il n'y a rien à voir... Dégageons, à présent...

Un cordon de policiers longeait le trottoir, psalmodiant les formules familières.

Forbes conduisit Karen à l'entrée de l'immeuble, et il y avait là d'autres policiers, de chaque côté de la porte ; ils stoppaient les gens qui tentaient de sortir pour leur demander leur identité et les interroger. Elle remarqua quelques-uns de ses propres collègues dans la queue, à l'intérieur ; ils attendaient leur tour d'être interrogés.

— Le parking en dessous est bouclé aussi, lui annonça Forbes. Personne n'entre ni ne sort sans donner son identité.

Il montra sa propre carte à un des policiers quand ils entrèrent.

— J'emmène Mme Raymond à l'intérieur, dit-il. Ordre du lieutenant Barringer. Voulez-vous veiller à ce qu'elle monte à son bureau ? Agence Sutherland, dixième étage.

Le policier hocha la tête et se retourna pour appeler un des hommes en uniforme qui filtraient les employés de l'immeuble.

Karen jeta un coup d'œil à Forbes.

— Vous ne venez pas ?

— Barringer veut que je reste ici. (Il lui lâcha le bras.) Ne vous en faites pas, vous serez en bonnes mains.

Karen hocha la tête, puis se détourna et suivit son nouveau compagnon vers l'ascenseur.

Ils montèrent en silence. Personne ne pénétrait dans l'immeuble et la plupart des bureaux devaient se vider, à cette heure-ci.

L'Agence Sutherland ne faisait pas exception. Le comptoir de Peggy était inoccupé, et les pièces, le long du couloir au-delà, étaient vides et résonnaient. Même les quelques personnes qui, en temps normal, auraient peut-être traîné pour passer des coups de fil ou finir des tâches de dernière minute, avaient été entraînées en bas par l'excitation des moments d'avant.

L'excitation ? Il n'y avait rien d'excitant dans la mort. C'était la violence qui les avait attirées. Elle se rappela ce que Bruce lui avait dit tout récemment. Peut-être avons-nous tous un monde des ténèbres...

— Est-ce que ça ira, madame Raymond ? dit le policier.

Ça y était, encore la même formule. Elle produisit la réplique automatique :

— Bien sûr.

Il ferma la porte et la laissa seule dans le bureau. Et elle ne voulait plus être seule, même un instant.

Pourquoi Forbes n'avait-il pu revenir attendre avec elle ?

Elle connaissait la réponse, bien sûr. Si Barringer voulait qu'il reste en bas, c'était pour recevoir son témoignage. L'écouter d'abord, avant que Karen soit interrogée. De sorte que s'il y avait des incohérences, des mensonges, il pourrait vérifier.

Non qu'il y eût à présent la moindre utilité à mentir. Il n'y en avait jamais eu. Si seulement elle avait dit la vérité depuis le début... toute la vérité...

Karen s'engagea dans le couloir en direction de son bureau, puis hésita. La résonance de ses propres pas l'arrêta, et elle demeura immobile, se rendant compte qu'elle tremblait.

— *Tu as peur.*

Allons, avoue-le. Tout le monde a peur par les temps qui courent. Peur de conduire et de se faire écrabouiller sur la voie express, peur d'aller à pied et de se faire assommer dans la rue. Peur de perdre un emploi et de mourir de faim, peur de garder un emploi et de finir avec une retraite insuffisante en mourant de faim dans sa vieillesse. Peur de la bombe et de la guerre bactériologique et du gaz innervant et des autres procédés de destruction fabriqués par l'homme, peur des désastres naturels, les tremblements de terre, le feu, l'inondation.

Pas étonnant que la jeune génération s'envoie en l'air à l'herbe et à l'acide pendant que ses aînés s'adressaient aux barbituriques, à l'alcool, aux cigarettes. *Le cancer a du bon — ça vous empêche au moins de penser à vos ennuis.*

Elle se rappela Bruce disant cela, il y avait longtemps. Avant d'entrer à la clinique, quand il avait cette obsession de la mort. Il disait des tas de choses. *Quand un cadavre arrive à la morgue, on lui attache une étiquette au gros orteil pour l'identifier. Mais où est-ce qu'on met l'étiquette si les orteils manquent ? Et qu'est-ce que ça peut faire ? Un cadavre n'a pas d'identité. J'en ai vu des centaines outremer, et ils sont tous pareils. Qu'est-ce que ça peut leur fiche, aux asticots, le nom, le grade et le matricule ?*

Bruce avait cette peur de la mort, et on pouvait forcément s'y attendre, vu ce par quoi il était passé.

Mais était-ce naturel d'avoir peur de la vie ?

Karen arpenta le sol derrière le comptoir de réception. Elle n'avait aucune intention de gagner son bureau au bout du couloir, maintenant. Elle y serait isolée. Ici, elle pouvait au moins garder l'œil sur la porte.

Elle s'approcha de la fenêtre, remarqua qu'il commençait à faire sombre au-dehors. Est-ce qu'elle avait aussi peur de *ça* ?

Non, l'obscurité était inoffensive. Ce qu'elle craignait, c'étaient les gens qui y rôdaient. Les citoyens du monde des ténèbres. Karen secoua la tête. Inutile de perdre le sens des proportions. Le monde, qu'il fasse jour ou nuit, n'était pas vraiment mauvais à ce point.

Elle contempla la ville. Longtemps auparavant, avant la naissance de Karen, Los Angeles était considérée comme une espèce de paradis terrestre où il y avait du soleil tous les jours et où les étoiles scintillaient toutes les nuits. A présent, l'image s'était effacée, ternie par la technologie, et peut-être était-ce pour cela que tant de gens la raillaient. Mais était-ce vraiment pire que New York ou Londres, Moscou ou Pékin ?

En dépit de ses réflexions de tantôt sur le toit, il était nécessaire de se rappeler que des millions de gens y vivaient et que la plupart lui ressemblaient beaucoup. Raisonnablement honnêtes, décents et dignes de confiance ; essayant d'être à la hauteur de leurs responsabilités dans la vie, vis-à-vis de leur famille, de leurs amis, des interdits de la société

C'était donc le petit nombre seulement qu'elle craignait. Et même, elle ne s'inquiétait pas réellement tant qu'elle pouvait les reconnaître. La plupart des tarés et des dingos — et elle n'utilisait pas des termes dépréciateurs, se rappela-t-elle ; eux-mêmes ne proclamaient-ils pas fièrement qu'ils étaient des « débiles » ? — étaient aisément repérables et pouvaient être aisément repérés. On n'était guère menacé tant que l'on passait au large d'eux et des lieux qu'ils hantaient.

Le danger venait des autres. Ceux que vous aimiez.

Ceux à qui vous vous soumettiez parce que vous les vouliez, parce que vous aviez besoin d'eux.

Il n'y avait rien de mystérieux dans ce dont elle avait peur. Au tréfonds d'elle-même, elle savait qu'elle n'avait qu'une crainte réelle. Et son nom était Bruce...

— Madame Raymond ?

Karen se retourna vivement. Un homme entrait par la porte du bureau ; il arrivait du palier. Il lui adressa un signe de tête en se dirigeant vers la cloison de verre du comptoir de réception. Plongeant la main à l'intérieur de sa veste, il sortit un portefeuille et le fit glisser sur le comptoir comme elle approchait.

— Sergent Gordon.

Elle jeta un regard à la carte. Frank Gordon. Police de Los Angeles, Brigade Criminelle. Elle repoussa le portefeuille et réussit à sourire.

— On m'a prévenue que vous alliez venir.

Malgré elle, Karen ressentait une curieuse impression de soulagement à présent qu'il était là. Elle n'aurait jamais pensé que viendrait un moment où elle accueillerait avec plaisir l'arrivée d'un inspecteur, mais tout valait mieux que d'être seule.

— Je suppose que vous voulez mon témoignage ?

— En effet.

Frank Gordon rangea son portefeuille et jeta un regard circulaire au bureau. Il y eut un bruit de pas dehors sur le palier.

Karen sentit son sourire se figer sur son visage,

mais le hochement de tête de Gordon fut rassurant.

— Ne vous inquiétez pas. Nous passons l'immeuble au peigne fin. Y avait-il quelqu'un ici quand vous êtes entrée ?

— Non. Du moins, je n'ai vu personne.

— Ne vous bilez pas, on va vérifier. (Gordon jeta un coup d'œil au sac de Karen posé sur le comptoir.) Nous pouvons partir dès que vous serez prête.

— Où allons-nous ?

— J'ai ordre de vous conduire chez vous et de prendre votre déclaration. Après ça... (Gordon haussa les épaules.)

— Le lieutenant Barringer a-t-il parlé de m'amener au quartier général ?

— Je dois l'appeler de votre appartement. (Gordon eut un sourire triste.) Pour le moment, il a autre chose à penser.

Karen saisit son sac et passa dans la partie extérieure de la réception. Le sergent Gordon lui ouvrit la porte de sortie. Le bruit de pas augmenta et, comme elle dépassait Gordon et sortait dans le couloir, elle vit deux policiers en uniforme qui convergeaient de part et d'autre ; ils braquaient des revolvers d'ordonnance.

— Hé, minute, ma petite dame, dit celui qui se trouvait à sa gauche.

— Ça va bien. (Gordon s'avança près d'elle et montra vivement sa carte.) J'emmène Mme Raymond chez elle. Ordre de Barringer.

— Allez-y.

Mais les policiers attendirent avec eux dans le couloir que l'ascenseur arrive, et Karen remarqua que ni l'un ni l'autre ne remettait son arme dans son étui.

Deux autres agents les accueillirent quand la porte de l'ascenseur coulissa à la hauteur du hall, et Gordon donna encore son identité. Hormis eux, le hall était désert, et quand ils débouchèrent dans la rue, la circulation s'écoulait à son rythme normal. A part les voitures de ronde garées le long du trottoir, rien ne rappelait ce qui s'était passé.

Gordon la conduisit au coin de la rue et tourna. Sa voiture était rangée dans un emplacement de stationnement, un peu plus loin.

— Quelle est votre adresse ? fit-il dans le bruit du moteur qui démarrait.

Elle fut surprise qu'il ne le sache pas, mais elle la lui donna.

— Il vaut mieux ne pas prendre la voie express, ajouta-t-elle. A cette heure-ci, c'est embouteillé.

Gordon jeta un regard à la montre du tableau de bord.

— Ça ne devrait pas, à sept heures du soir.

Karen fronça les sourcils.

— Est-il déjà si tard ?

Il hocha la tête.

— Vous avez déjà mangé ?

— Non.

— Nous pourrions peut-être avaler un morceau en chemin. Je prendrai votre déclaration en dînant.

— Je n'ai vraiment pas très faim.

— C'était une simple suggestion.

Mais Karen perçut la déception dans sa voix. Il doit mourir de faim, se dit-elle.

— Je prendrais volontiers du café.

— Pas une mauvaise idée. (La voiture braqua et s'engagea sur la chaussée.) Prenons la direction de votre appartement ; et puis nous trouverons un endroit où sortir de la voie express.

Gordon fut silencieux sur le trajet ; Karen se demandait à quoi il pensait. A sa déposition, sans doute, et aux questions qu'il allait poser.

Quant à elle, elle ne cessait de préparer ses réponses. Le sergent Gordon faisait partie de la nouvelle génération d'officiers de police, estima-t-elle : de bonnes manières, la voix douce, manifestement plus intelligent que Forbes ou le pauvre Tom Doyle. Mais elle se rappela le sergent Cole et le lieutenant Barringer, dont la courtoisie masquait une froide efficacité. Elle ne devait pas se laisser désarmer par la politesse.

Karen étudia le profil de Frank Gordon tandis qu'il conduisait. Les cheveux bruns, les yeux bleus, les traits réguliers. Elle se demanda s'il était marié et, si oui, ce que son épouse pensait du fait qu'il allait passer la soirée seul avec une inconnue.

Bien sûr, tout ça faisait partie de son devoir. La garder, poser des questions, essayer de retrouver le meurtrier. S'il réussissait, ça signifierait sans doute une promotion et son épouse serait fière de lui.

Mais qu'arriverait-il à Bruce ?

22

Le dos au mur.

La formule résonnait sans arrêt dans sa tête.

Le dos au mur. Ne pas confondre avec au pied du mur ou dans les pâquerettes. Mots stupides, mots cruels, références railleuses et insensibles à l'état d'une âme au supplice.

Qu'est-ce qu'ils y connaissaient, ces comiques au garde-à-vous, qui ricanaient sous cape à propos de flipper, de s'envoyer en l'air, de perdre les pédales ? Personne ne comprenait vraiment, et il n'y avait qu'une seule façon de savoir. En s'asseyant dans la cellule d'un asile nuit après nuit, en écoutant les cris, les cris qui sortaient de votre propre gorge.

Il avait appris à maîtriser les cris, bien sûr ; à se maîtriser, puis à maîtriser les autres. Le plan avait marché, n'est-ce pas ? Il avait juré de se libérer et il était libre.

Mais il était encore le dos au mur. Toute la journée il avait eu cette impression. Toute la journée, vraiment ? Peut-être que ça avait commencé quand il avait vu le visage de Tom Doyle s'éloigner dans sa chute, ses bras qui battaient, son corps qui tournoyait dans l'air vide.

Non, ça avait été nécessaire. Exactement comme il était nécessaire d'épargner Karen. Pour le moment seulement, bien sûr. Parce qu'elle devait disparaître, elle aussi. Et elle allait disparaître, bientôt. Epargner Karen, ça faisait partie du plan.

S'il avait bien deviné, ce ne serait plus long. Si elle faisait ce qu'il pensait, si elle allait où il pensait, alors tous les policiers du monde ne pourraient la sauver. Et le nombre des corps s'accroîtrait.

Jusque-là, il avait le dos au mur.

Mais le mur se désagrégeait vite.

23

Le petit restaurant était presque désert et Karen se demanda pourquoi. Les affaires marchaient généralement très bien ici, surtout depuis l'ouverture du bar avec piano.

Peut-être les gens avaient-ils peur de sortir le soir, après ce qu'ils avaient lu dans les journaux. Et la mort de Tom Doyle avait dû être annoncée dans les bulletins d'informations du soir. Bizarre, d'une certaine façon ; penser que plusieurs millions de gens avaient peur d'un seul homme. Peut-être leur crainte venait-elle du simple fait qu'ils seraient incapables de le reconnaître s'ils le voyaient.

Et sa crainte à elle était d'en être capable.

Gordon finissait son dessert. Il l'avait interrogée d'un air détaché pendant qu'ils dînaient, ce qui l'avait soulagée, mais maintenant, comme il repoussait son assiette et s'appuyait contre son dossier, Karen sut que le répit avait pris fin.

Il regarda sa montre.

— Il faut que j'appelle bientôt pour rendre compte, dit-il. Peut-être ont-ils trouvé votre mari.

— Ou l'assassin, dit Karen.

— Vous êtes une femme très loyale, n'est-ce pas, madame Raymond ?

— La loyauté n'a rien à y voir. (Karen reconnut la nuance défensive dans son ton.) Selon la loi, un homme est présumé innocent jusqu'à ce qu'on ait prouvé qu'il est coupable.

Frank Gordon soupira.

— Jouons cartes sur table, madame Raymond. Vous essayez de protéger un homme parce que vous croyez — ou vous dites que vous croyez — qu'il est peut-être innocent. Et tous les autres, les victimes qui sont mortes ? Nous *savons* qu'elles étaient innocentes, mais qui les a protégées ?

Karen secoua la tête.

— Je continue à dire que Bruce n'avait pas de mobile. Pourquoi aurait-il tué quelqu'un pour sortir de la clinique alors qu'on allait de toute façon le relâcher ?

— Parce qu'il ne savait pas qu'on allait le relâcher. (Gordon observait son visage en parlant.) C'est la vérité, n'est-ce pas ?

Espèce de salaud, pensa Karen. Le lieutenant Barringer n'a pas deviné, le psychiatre de la police ne l'a pas découvert, mais il a fallu que *vous* trouviez ça. *Oui, c'est la vérité.*

Gordon n'attendait pas de réponse. Peut-être

n'avait-il pas besoin de réponse, peut-être la lisait-il sur son visage.

— Je peux comprendre le désir d'une épouse de sauver son mari. Mais vous devez comprendre aussi notre position. C'est le travail de la police de protéger les citoyens, et jusqu'ici nous avons échoué. Maintenant nous devons penser à l'avenir. L'homme que nous soupçonnons d'avoir commis ces meurtres est toujours en liberté. Et à moins que nous puissions le retrouver rapidement, nous avons toute raison de croire que d'autres personnes vont mourir. D'autres gens innocents.

— Mais mon mari n'est pas le seul, dit Karen. Il y a un autre malade disparu. Edmund Cromer.

— Qui ? (Gordon se tenait très droit sur sa chaise, à présent.) Pourquoi ne m'avez-vous pas donné ce nom plus tôt ?

— Parce que Bruce allait le dire à Doyle. (La voix de Karen trembla.) Ensuite, après ce qui s'est passé, je n'ai pas eu la moindre possibilité de...

— Et si vous m'en parliez maintenant ?

— Oui, dit-elle, et elle lui en parla.

Gordon l'observait, hochait de temps en temps la tête tandis qu'elle répétait ce que Bruce lui avait dit. L'expression de l'homme était neutre — la mine officielle, inexpressive — mais il attendait qu'elle ait fini avant de parler.

— Vous m'avez tout dit ? fit-il.

— Oui. Du moins, c'est tout ce que je me rappelle.

— Pas de signalement ?

— Il comptait donner cette information-là à Doyle...

— A ce qu'il dit. (La voix de Gordon était neutre.)

— Vous ne croyez pas que...

— Que votre mari vous a dit ces choses ? (Gordon hocha la tête.) La question est de savoir pourquoi.

— Parce qu'il voulait donner l'identité de l'assassin.

— Ou parce qu'il savait que c'était un moyen d'attirer Doyle sur le toit et de s'en débarrasser. Ensuite, il aurait pu en toute tranquillité s'attaquer à vous.

— Mais il n'a pas...

— Seulement parce qu'il y avait un second homme de service dans le couloir, un homme dont il ignorait la présence. Votre mari a dû avoir peur et filer en le voyant.

— Ça ne change pas ce qu'il m'a dit de Cromer, fit Karen.

— Réfléchissons à ça. (Gordon parlait lentement.) Votre mari a impliqué un autre patient dans les meurtres. Mais a-t-il fourni un élément tangible, qui puisse être vérifié en tant que preuve ? Quelle assurance avons-nous qu'il vous a dit la vérité ? Comment peut-on même être sûr que le nom de l'autre patient est Cromer ?

Karen ne répondit pas. Parce que, venu de quelque part au fond d'elle-même, elle entendait l'écho de la voix de Bruce qui répondait à sa place. Debout là-bas sur le toit, avec son sourire sinistre, et disant : peut-être qu'il n'y a pas d'Edmund Cromer. Peut-être que j'ai *tout inventé.*

L'écho intérieur s'éloigna. La salle commença à se brouiller, et ce fut seulement le contact rapide de la main de Gordon qui, sur la sienne, rétablit la réalité.

— Madame Raymond...

La réalité. Cette main, cette voix. Il était temps de cesser d'écouter des mensonges, temps de cesser de se mentir à elle-même. Karen battit des paupières, ouvrit tout grands les yeux.

— Ça va mieux ?

Frank Gordon lui lâcha la main.

Karen hocha la tête.

— Une chose est sûre. Il y a un autre malade. Nous allons maintenant devoir vérifier le nom, essayer de retrouver cet homme. Mais il faut que vous vous prépariez à la possibilité de son innocence. Et dans ce cas, il est hautement probable qu'il n'est plus en vie.

Gordon parlait doucement, mais on ne pouvait nier la force de sa logique. Nier n'était plus possible.

— J'ai réfléchi à ce que vous m'avez dit avant, poursuivit-il. Et il y a quelque chose qui ne me semble pas coller.

— Coller ?

— Ces tueries sont méthodiques, vous le savez. Certes, la personne qui en est responsable est considérée comme cliniquement déséquilibrée, mais les faits montrent qu'une intelligence de premier ordre est ici au travail. Ce ne sont pas les crimes habituels, impulsifs ou passionnels. Nous nous trouvons en face de quelqu'un qui a décidé de tuer quiconque peut l'identifier. Ce qui nous amène à vous.

— Je ne comprends pas.

— Si votre mari est responsable de ce qui s'est passé, pourquoi vous considérerait-il comme une menace pour sa sécurité ? Vous avez déjà témoigné qu'il séjournait à la clinique. Votre élimination ne modifiera pas votre témoignage.

Karen prit une profonde inspiration. Peut-être y aurait-il un sursis, peut-être après tout était-il encore possible de nier.

— C'est ce que je leur ai dit, fit-elle. Au lieutenant Barringer et aux autres. Il n'a aucune raison de me faire du mal. (En le redisant, elle parvenait à moitié à y croire elle-même.) Vous avez raison, il y a quelque chose qui ne colle pas.

— Quelque chose qui *apparemment* ne colle pas, ai-je dit. (La voix de Gordon demeurait douce, mais elle ne l'entendait que trop clairement.) Il faut donc qu'il y ait une autre raison. Votre élimination ne modifiera pas votre témoignage. Mais ça empêcherait que vous puissiez jamais le modifier de votre propre chef.

Ses yeux étaient au niveau de ceux de Karen, et elle n'y lut pas de sursis, en fin de compte.

— Madame Raymond... Pourquoi votre mari a-t-il voulu entrer en clinique ?

Aucun sursis, aucune possibilité de nier. Trop de gens étaient morts, et qui pouvait dire où cela s'arrêterait, à moins qu'elle ne l'arrête ?

— Nous nous sommes disputés. (Les mots arrivaient vivement, à présent, c'était comme de vomir quelque chose d'affreux, quelque chose qui devait sortir.) Je lui ai dit qu'il n'était plus lui-même depuis son retour, et qu'il avait besoin d'aide. Je lui ai dit que je voulais qu'il aille voir un médecin.

— Quelle a été sa réaction ?

— Il a répondu qu'il y réfléchirait. Et puis il s'est calmé. Est-ce que je voulais faire une promenade en voiture, a-t-il demandé. Et c'est ce que nous avons fait, et nous n'en avons plus parlé ni l'un ni l'autre. C'était comme si ça nous avait en quelque sorte soulagés tous les deux, de dire les choses ouvertement, et je me rappelle avoir pensé que peut-être j'avais fait une montagne d'une taupinière ; il était seulement nerveux et soucieux parce qu'il ne travaillait pas. Nous sommes allés chez Will Wright, comme nous en avions l'habitude avant de nous marier. Et quand nous sommes rentrés, nous avons fait l'amour.

Karen baissa les yeux, mais les mots continuaient.

— A ce moment-là, je me suis endormie. Et quand je me suis réveillée, j'étouffais, je ne pouvais pas respirer. Parce qu'il était revenu sur moi, ses mains autour de mon cou... il serrait, il serrait... Je suis arrivée à me dégager je ne sais comment. Je l'ai frappé au visage et il est retombé. C'est alors que ses yeux se sont ouverts. Ils étaient restés fermés tout le temps, et il m'a dit plus tard qu'il était endormi, c'était un cauchemar, il ne savait pas ce qu'il faisait. Il semblait en état de choc. Le lendemain, il a appelé le docteur Griswold.

— Il a essayé de vous tuer. (Les yeux de Griswold restaient fixés sur son visage.) Et vous êtes la seule à savoir ?

— Oui. A part Rita.

— Rita ?

— Sa sœur. Elle n'aurait jamais raconté...

— Où se trouve-t-elle maintenant ?

Karen le lui apprit :

— Mais elle a déjà parlé à la police. Ils ont même perquisitionné pour être sûrs qu'il n'était pas caché là-bas.

— Est-elle protégée, en ce moment ?

— Par un garde du corps ? Je ne pense pas. Mais même si Bruce allait là-bas, elle ne serait pas en danger. Elle adore son frère, elle ne le trahirait pas.

— Bruce peut-il en être certain ?

Karen hésita.

Gordon se leva.

— Nous allons nous rendre immédiatement là-bas, dit-il. Et ensuite, je vous emmène toutes deux au Q. G.

Vous auriez dû l'une et l'autre être retenues depuis le début. Pour votre sécurité. Et vous l'auriez été si vous nous aviez dit la vérité.

— Mais je vous jure qu'elle n'est pas en danger...

— Jurer ? (Gordon secoua la tête.) Tout ce que vous pouvez faire à présent, c'est prier. Et même pour ça il est peut-être trop tard.

24

Ce soir-là les projecteurs balayaient le ciel.

Leur illumination inondait le Centre Musical, où les gens de la Belle Société faisaient des grâces à l'intention des appareils photographiques qui enregistraient leur présence à un nouveau gala de charité. D'autres gens, moins beaux et tout à fait dépourvus de majuscules, voyaient l'éclat lointain par la fenêtre des salles d'hôpital où ils gisaient, mourant, ou accouchant, ou faisant toutes sortes de choses habituelles à ces endroits sinistres qu'on ne mentionne jamais dans la rubrique mondaine.

De la lumière s'élevait comme un trait de la Grande Inauguration d'un supermarché, descendait en dansant des feux de signalisation aérienne sur les collines éloignées, planait sous les hélicoptères de la police qui quadrillaient la cité.

Mais il y avait aussi des endroits sombres. Des cimetières où reposaient les morts. Des rues de traverse pour les vivants qui ne pouvaient reposer à cause de ce qu'ils avaient lu dans les journaux, entendu aux informations, imaginé dans leur propre esprit, tandis qu'ils se pelotonnaient derrière des portes closes.

Verrous et barreaux n'offraient nulle protection contre l'invasion de la peur. La minorité favorisée pouvait faire comme si rien ne s'était passé. Mais pour le grand nombre, il n'y avait que des ombres où remuaient d'étranges formes.

L'aérodrome n'était ni lumière ni obscurité. Une brume grise arrivait en rampant de l'ouest, brouillait les feux de signalisation, enveloppait d'argent les ombres.

Karen se rappela le brouillard à travers lequel elle avait conduit l'autre soir. Il y avait quarante-huit heures de ça, et on aurait dit pourtant qu'une vie entière s'était écoulée depuis. Et pour certains, c'était littéralement cela. Une vie évanouie pour toujours, avalée dans un oubli gris.

Mais il y avait aussi des lumières ici, telle celle qui s'échappait de la fenêtre du bureau des Avions-Taxis Raymond. Et il y avait des ombres du côté dépourvu de fenêtres de la baraque de planches ; ce fut là que Frank Gordon stoppa et gara sa voiture.

Karen allait ouvrir la portière du côté du passager, mais Gordon posa la main sur son bras et la retint vivement.

— Attendez.

Il scruta à travers le pare-brise, parcourut du regard

l'aérodrome, les pistes, le sombre amas de hangars qui bordait le terrain situé derrière le bureau. Rien ne bougeait dans la brume.

— Maintenant.

Karen se glissa hors de son siège et passa derrière la voiture comme Gordon émergeait. Il tenait un revolver d'ordonnance.

— Restez derrière moi, dit-il. Derrière, et sur le côté.

Il prit la direction du bureau, resta près du mur, à l'écart de l'éventail de lumière qui sortait par la fenêtre. La fenêtre se trouvait de l'autre côté de la porte, et ils approchèrent donc dans l'ombre : l'ombre, et la brume gluante.

La porte était entrouverte. Comme Gordon l'atteignait, il fit signe à Karen de s'immobiliser.

— En arrière, murmura-t-il.

Le revolver se leva, prêt à tirer.

Il ouvrit la porte d'un coup de pied.

Puis il se figea un instant, ou une éternité. Le temps s'arrêta pour Karen ; tout s'arrêta jusqu'à ce qu'il se retourne et parle :

— Rien. Il n'y a personne ici.

Elle le rejoignit alors, entra avec lui dans le bureau éclairé. Le ventilateur posé sur le plancher bourdonnait, ses remous agitaient les papiers épinglés au mur.

Gordon jeta un regard sur la table de travail. Le sac de Rita était posé dessus, à côté du téléphone.

Près de lui, dans le grand cendrier, un mégot de cigarette écrasé, encore allumé. Karen le remarqua et hocha la tête.

— Elle doit être sortie faire quelques pas.

Gordon fronça les sourcils.

— Pourquoi en êtes-vous si sûre ? Je n'ai vu aucune voiture quand nous sommes arrivés.

— Rita conduit une Volkswagen. Elle la gare généralement dans le hangar.

— Celui du fond ?

— Oui. Au fond et à droite.

Il hocha la tête et fit demi-tour. Karen le suivit comme il franchissait la porte. A droite de la baraque en planches se trouvait un avion immobilisé au sol, un monomoteur Cessna. Gordon s'immobilisa dans son ombre, contempla l'ouverture sombre du hangar. Quelque part au fond du bâtiment, une faible lumière tremblota.

Karen fit un mouvement pour avancer, mais Frank Gordon secoua la tête.

— Pas encore.

Scrutant l'intérieur du hangar, Karen distingua la forme trapue de la Volkswagen. Derrière elle se trouvait un avion, et au-delà, la lumière. Elle provenait apparemment d'une grosse lampe électrique posée sur le sol à côté d'un ratelier d'outils. La silhouette de Rita la traversa.

— C'est elle ?

La voix de Gordon était réduite à un souffle.

— Oui, Dieu merci. Et elle est seule.

— Bien. Voici ce que je veux que vous fassiez. Entrez et parlez-lui.

— Vous ne venez pas avec moi ?

Gordon eut un geste avec son revolver.

— Ne vous tracassez pas. Si vous avez besoin de moi, je serai prêt. J'ai idée que vous irez plus loin avec elle si elle ne me voit pas tout de suite. Dites-lui ce qui s'est passé, à propos de Bruce, et de Tom Doyle. Je crois qu'elle est prête à craquer. Peut-être que Bruce a pris contact avec elle, peut-être qu'elle sait où il est.

— Et si elle se refuse à parler ?

— Je prendrai les choses en main, dans ce cas. Mais ça vaut la peine d'essayer. (Gordon lui posa la main sur le bras.) Rappelez-vous, elle est en danger, elle aussi, qu'elle le sache ou non. Il faut que vous l'en persuadiez.

— Je vais essayer.

Karen s'avança à travers la brume, vers l'obscurité plus profonde, au-delà de l'entrée du hangar.

Il n'était plus question de revenir en arrière.

Plus question de revenir en arrière tandis qu'elle dépassait l'avion, qu'elle émergeait dans le tremblotement irrégulier de la lumière, que Rita levait les yeux et l'apercevait, la reconnaissait.

— Qu'est-ce que vous fabriquez ici ?

Il y avait dans sa voix une surprise aiguë ; quelque

chose d'autre, quelque chose de plus que la simple surprise, dans le visage ombreux.

— Il faut que je vous parle. Maintenant.

Rita avait à la main une lourde clé à molette. Elle ne la posa pas ; au contraire, ses doigts se resserrèrent sur la poignée.

— Vous choisissez bien votre moment. Vous ne voyez pas que je suis occupée ?

— Je n'ai pas choisi mon moment. Je vous en prie, Rita, écoutez-moi...

— J'écoute.

Elle écouta tandis que Karen lui racontait le coup de téléphone de Bruce, la rencontre sur le toit et ce qui avait suivi. De temps en temps, Karen hésitait, mais elle ne s'arrêta pas complètement avant d'en venir à l'instant où elle avait regardé, par la fenêtre, le corps étalé tout en bas.

Rita ne bougeait pas, son visage restait dans l'ombre, et elle ne disait absolument rien.

Je ne la touche pas, se dit Karen. *Je n'ai aucun moyen de la toucher, seulement des mots.*

Elle les trouva.

— Vous n'avez pas vu ce que j'ai vu, Rita. Tom Doyle, étendu dans la rue, la tête éclatée comme un melon pourri. Griswold mort dans une pièce pleine de l'odeur de sa propre chair brûlée. Cette pauvre infirmière...

— Que voulez-vous de moi ?

— La vérité. (Karen sentit ses doigts se recourber

contre ses paumes, ses ongles s'enfoncer dans sa chair.) Ce n'est pas une question de foi ou de loyauté... ça ne peut plus l'être. Il faut que nous arrêtions ce qui se passe. Si vous avez gardé des renseignements pour vous, si vous savez où Bruce s'est caché...

— Elle ne savait pas.

C'était la voix de Bruce.

Et ce fut Bruce qui surgit alors de l'ombre à l'autre bout de l'avion.

Karen le regarda fixement tandis qu'il s'avançait vers elle, en hochant lentement la tête.

— Je suis venu ici l'autre nuit, poursuivit-il. Mais Rita ne le savait pas. Je ne voulais pas l'impliquer. Pas plus que toi. Mais j'avais besoin d'un endroit où je serais en sûreté, et c'est le seul qui m'est venu à l'esprit. Quand la police est arrivée pour l'interroger, j'ai réussi à me cacher dans un avion sur le terrain et ils ne m'ont pas trouvé. Après leur départ, je suis parti aussi. C'est seulement ce soir, quand je suis revenu, que j'ai révélé à Rita que j'étais ici, que je lui ai raconté ce qui s'était passé.

— Alors elle sait... tu as avoué...

— Il n'y a rien à avouer.

— Mais je t'ai vu sur le toit ! Je t'ai moi-même envoyé Tom Doyle !

— Il ne m'y a pas trouvé. (La voix de Bruce était lente.) Après que tu es partie le chercher, j'ai perdu mon sang-froid. Je ne pouvais pas supporter de l'affronter... j'avais peur... j'ai fui. Karen, crois-moi, je jure devant Dieu que j'étais sorti de cet immeuble avant même qu'il ait atteint le toit !

— Qui l'a tué, alors ?

— Cromer.

Ce n'était pas une affirmation. C'était le murmure bouleversé de quelqu'un qui reconnaît — et Bruce fixait quelque chose derrière Karen — fixait l'homme qui pénétrait à présent dans le hangar, et qui tenait un revolver.

Karen le vit, et puis elle se retourna vers Bruce. Elle ne pouvait plus se retenir à présent.

— Tu es fou ! hoqueta-t-elle. C'est le sergent Gordon. C'est un détective...

L'homme sourit.

— Personne n'est fou, dit-il avec douceur. Pas votre mari. Et certes pas moi. (Le sourire était aussi fixe, aussi stable que l'arme qu'il braquait.) J'attendais à l'extérieur de l'immeuble aujourd'hui, en espérant que votre mari essaierait de prendre contact avec vous. Quand il est monté sur le toit, je l'ai suivi. Cela me paraissait une occasion idéale de se débarrasser de la dernière personne qui puisse encore m'identifier. J'avais réussi à trouver tous les autres, et cette fois, grâce à l'usage de la logique, j'avais trouvé Bruce.

Il hocha la tête, les yeux posés sur Karen.

— La logique, dis-je. La logique froide et claire.

Mais votre arrivée m'a empêché de mettre mes intentions à exécution. Je suis resté caché de l'autre côté du palier de l'escalier et j'ai écouté. Quand Bruce a révélé mon nom, je me suis rendu compte que je devais changer mes plans. Parce qu'il y avait maintenant deux personnes qui savaient mon nom. Et je ne pouvais m'occuper de vous deux là-haut. Pas sans arme.

— Et vous l'avez laissée partir, et quand je me suis enfui, vous avez attendu Doyle, dit Bruce.

— Exactement. J'étais derrière lui quand il est arrivé et qu'il est sorti de l'escalier ; et il n'a pas eu la moindre idée de ce qui lui arrivait.

Karen frissonna.

— Et Frank Gordon ?

— J'attendais dans une armoire de service du couloir, à l'extérieur de votre bureau, quand il s'est pointé. J'ai trouvé un lourd butoir métallique parmi les trucs contenus dans le placard. Il n'y est plus à présent, mais Gordon y est, à moins qu'on l'ait découvert depuis. J'ai pris son revolver et sa plaque, ainsi que sa carte. La voiture, bien sûr, je m'en étais emparé plus tôt dans la journée.

— J'étais seule quand vous êtes venu me trouver dans le bureau, dit Karen. Vous aviez le revolver...

— La logique. (L'homme sourit encore.) Ç'aurait été dangereux d'agir alors que la police était de l'autre côté de la porte, en train de perquisitionner dans l'immeuble. L'important était de vous sortir de là. Et je continuais à espérer que vous pourriez me conduire une nouvelle fois à Bruce. Quand vous m'avez parlé pendant le dîner, j'ai compris que Rita posait aussi un problème. Alors ça suffit, les injures imbéciles. Mon raisonnement était juste. Vous êtes ici, tous.

Le sourire était toujours fixe, mais son doigt se resserra sur la détente.

— Cromer, écoutez-moi. (Bruce fit face au sourire, au canon de l'arme.) J'ai parlé de tout avec Rita avant que vous arriviez, je lui ai tout dit. Elle a suggéré que j'appelle la police... et c'est ce que j'ai fait, de son bureau. Ils vont arriver d'un instant à l'autre...

La voix de Cromer était aussi froide que son sourire.

— Je vous en prie, n'insultez pas à mon intelligence. C'est le gag le plus vieux du monde...

Puis le sourire froid se figea.

Parce qu'il entendit les sirènes qui résonnaient au lointain.

Ils les entendirent tous, mais ce fut Rita qui bougea.

Son bras s'éleva, brandit la clé à molette. Et elle la jeta à la tête de Cromer.

Il se précipita contre le flanc de l'avion tandis que la clé lui sifflait à l'oreille, s'abattait sourdement sur le sol. Le revolver se dressa et fit feu.

Immédiatement après le fracas, Karen entendit Rita crier. Elle tomba, la main crispée sur son bras. Au milieu d'un tourbillon de fumée âcre, Karen vit le sang gicler entre les doigts de Rita, Bruce se ruer en avant pour se colleter avec Cromer.

Cromer se cramponna à l'arme, s'efforça de retourner le canon vers la poitrine de Bruce. Mais Bruce lui asséna une manchette au poignet et le revolver tomba.

Un instant la fumée se dissipa et Karen vit clairement Cromer. Le sourire avait disparu, l'apparence d'humanité elle-même paraissait avoir été arrachée, tout ce qui restait, c'était la fureur animale des yeux luisants et de la bouche grondante. Le visage nu de la violence.

Puis les poings serrés de Cromer s'écrasèrent contre la poitrine de Bruce, le rejetèrent en arrière. Il se retourna et sortit en courant du hangar, dans la brume de la nuit.

Les sirènes hurlaient sur la route, et Cromer fit un crochet. Par l'extrémité grande ouverte du hangar, Karen le vit courir à travers le terrain.

Une tache sombre descendit du ciel, puis explosa en un soudain éblouissement de lumière tournoyante. Karen hurla alors, mais sa voix se perdit dans le rugissement des pales de l'hélicoptère qui descendait en tourbillonnant vers la silhouette fugitive. Lorsque le pilote vit Cromer à travers le brouillard qui l'enveloppait, il était trop tard pour l'éviter.

L'hélicoptère embarqua, bascula presque, quand le métal tranchant frappa. Cromer tomba et son corps cessa de remuer.

Mais sa tête fit en roulant la moitié du terrain.

25

Il y eut deux ambulances ; une pour Rita, une pour ce qui restait de Cromer.

Le lieutenant Barringer arriva et prit les choses en main.

Bruce donna son témoignage et Karen le sien. Rita elle-même put faire une déposition préliminaire pendant que le chirurgien de la police appliquait un garrot sur son bras.

Puis il fut l'heure de gagner le commissariat de Van Nuys, l'heure de s'occuper des bandes magnétiques et de signer les transcriptions. Un moment, il sembla que cela ne finirait jamais. Mais évidemment tout prit fin.

Libre, se dit Karen. *Enfin libre.*

Et elle et Bruce sortirent.

Dans le monde des ténèbres...

DU MÊME AUTEUR

Aux Éditions Gallimard

Dans la série Super Noire

LE BOUCHER DE CHICAGO, *n° 31*

Impression Bussière à Saint-Amand (Cher),
le 23 novembre 1983.
Dépôt légal : novembre 1983.
1er dépôt légal dans la collection : mai 1973.
Numéro d'imprimeur : 2530.

ISBN 2-07-048584-6./Imprimé en France.